文春文庫

望郷

湊かなえ

目次

望郷

みかんの花

遠く故郷を離れても、耳に残るは、燧灘《ひうちなだ》に立つさざなみの音色。

高層ビルの隙間から、怯《おび》えるように灰色の空を見上げる、翼をもがれた我が魂を、母の子守歌のごとくなぐさめる——。

白綱島市《しらつなじま》閉幕式、これは笑いをこらえる我慢大会だろうか。

ステージ上の演台で、四十半ばに手の届きそうなおばさんが、身振り手振りを加えながら、おかしな作文を読み上げている。前列付近から鼻をすすり上げる音が聞こえるが、多分、気のせいだろう。最後列に座るわたしの周辺にいる人たちは、皆しらけきった顔をしているのだから。口を開けて眠りこけている人もいる。

作文を読んでいるのが我が姉でなければ、わたしもそうしたいところだ。今朝も三時に母に起こされ、それから眠らずに、午前十時からの式典に出席している。

――お盆の迎え火は焚《た》いてくれたのかい？

――ちゃんと焚きました。

――おかしいねえ、お父さんが帰ってきている気配がしない。

今日は八月十五日だから、もう三日間続いていることになる。きちんと見えるように縁側に母を座らせて、戸を開け放ち、炎天下のうだるような暑さの中、庭で半時間以上もかけて火を焚いたというのに。

だいたい、何故、父に帰ってきて欲しいと思えるのか。オマケがついてきたらどうするつもりだ。認知症の症状が、不幸な記憶を消してくれるならば、死者に対するのと同様に、生きている人にも、帰ってきて欲しいと願うのだろうか。

涙をこらえ、強く閉じた瞼《まぶた》の奥に浮かび上がるのは、白綱の山。

抗《あらが》えぬ試練に心を砕かれ、膝をつく我に、広く温かい手のひらをさしのべる父のごときその姿。

故郷を離れて幾年《いくとせ》経《ふ》れど、我が心の中に雄々しく鎮座する――。

母は認知症だから仕方がない。だが、姉は正気なのだろうか。それとも、今出てきた父という言葉は、自分の父ではなく、普遍的な父親像を指しているのだろうか。あるいは、わたしが父について記憶違いをしているということか。いや、それだけはない。

三十年前、わたしが十歳のときの出来事とはいえ、記憶は鮮明に残っている。

我が家は田舎町に暮らす、ごく普通の家族だった。父、母、姉、わたしの四人家族で、父は町役場に勤務しており、母は主婦業の傍《かたわ》ら、ミカン畑の世話をしていた。

畑は父方の祖父母が始めたもので、嫁入りした母は嫌々手伝わされていたのに、祖父母が他界してからは、一人で管理しなければならなくなった。重労働だ。かといって、農地を売ったり宅地に変えることは、容易ではない。

しかし、日曜や祝日に父が畑仕事を手伝うことはなかった。自分は充分に勤労の義務を果たしている、というのが彼の持論であり、休みの日は「釣りに行く」と言って、一人で車に乗って出かけていた。

家計は父の収入で成り立っていたので、母は納得せざるを得なかったのかもしれない。もともと、母は父に対してだけではなく、誰に対しても、反論をするような人ではなかった。

――ミカン畑も日曜や祝日は休みにして、皆で出かければいいじゃないか。

父がそう提案したことがある。だが、母とわたしは乗り物酔いが酷《ひど》いし、姉はどういうわけか父と相性が悪く、二人きりでは会話が五分ともたないため、結局、父は休日を一人で過ごすことになった。

こうして冷静に思い返してみると、あの出来事の原因を作ったのは母や姉やわたしのような気もしてきたが、それを差し引いても許せることではない。

母なる海と、父なる大地。

その恩恵を受けて実った、美しい夕日色のミカン。

口に広がる甘酸っぱさは、我が少女時代の記憶にも似て、愛《いと》おしい――。

むず痒《がゆ》くてバリバリと腕を掻《か》きながらも、どういうわけか、わたしの頭の中には我が家のミカン畑が浮かんでいる。

ミカン畑は三箇所。それぞれに呼び名があったが、山の頂上にある「てっぺん」、山の中腹にあり、大きなびわの木が一本生えている「びわの木」、国道沿いにある「国道」、という何のひねりもないものだった。

三つ年上の姉とわたしは、平日は学校が終わるとピアノやそろばんといった習い事に出かけたり、近所の友だちと遊んだりしていたが、秋の収穫時だけはほぼ毎日、畑にかり出されていた。休日は弁当を持って一日中だ。

ミカンのヘタからのびる細い枝を約一センチ残したところをはさみで切り、次にヘタのギリギリのところで枝を切る。それを肩から提げたカゴに入れ、重くなったらコンテナに移す。オレンジ色に熟《う》れた甘いミカンよりも、まだ青い、その年一番のミカンをカゴに入れず、手のひらの上でころがしてから皮をむき、半分に割って口にほおばりながら食べるのが好きだった。

その食べ方を教えてくれたのは姉だ。疲れた、とすぐに弱音を吐くわたしと違い、姉は黙々と作業をした。姉のコンテナがミカンでいっぱいになるのを眺めながら、これは年の差だと、誰に文句を言われるわけでもないのに胸の中で言い訳をしていたが、記憶にある同じ年の姉を思い出すと、やはり姉の方が真面目だという答えに行き着いてしまうのだ。姉はカゴからコンテナに移す際、三回に一回、わたしのコンテナにそっと入れてくれていた。

手先の器用なあの人は、わたしよりも、何倍も畑仕事に向いていたし、島の景色にもなじんでいた。

美しき海に架けられた白い吊り橋は、我が愛する故郷に、何をもたらし、何を奪っていったのか――。

島と本土をつなぐ橋ができたのは、まさにあの出来事が起きた年だ。わたしは小学四年生、姉は中学一年生だった。

橋ができた直後から、姉は畑に行くのを嫌がるようになった。三度に一度の割合で、テスト勉強をしたい、ともっともらしい理由を付け、母も無理に連れて行こうとはしなかった。しかし、それがただの言い訳であることに、わたしはすぐに気が付いた。姉が嫌がるのは、毎回、「国道」の畑に行くときだけだったからだ。

橋から続くインターチェンジは「国道」のすぐ隣の土地に作られた。少しくらいかぶってもいいだろうに、と父が悔しがっていたのを憶えている。

畑の前を通る車の台数は、それまでの倍以上に増えた。都会から来た人にはミカン畑が珍しいのか、車を畑の前に停め、もぎたてのミカンを少し譲って欲しいと申し出る人たちもいた。特に、家族連れが多かった。当然、その人たちは、よそ行きのきれいな格好をしている。

その人たちだって日常生活に戻れば、ボロ服を着て仕事をしているのかもしれないが、子どもの頃はそんなところにまで頭はまわらない。ボロ服を着ている田舎の人と、きれいな格好をしている都会の人。そんな図式が頭の中にできあがり、惨《みじ》めで切ない気分になってしまうのだ。

姉はボロ服を着て畑仕事をしている姿を見られるのが、恥ずかしい。だから、「国道」には行きたくないのだ。

この解釈は半分当たりで、半分外れだった。

故郷に残した思い出は、取るに足らないものばかり。なのに、何故、故郷の名を耳にすると、我が胸は、張り裂けそうな思いに支配され、涙が込み上げてくるのだろう——。

思い出を掘り起こすにつれ、姉の声が小さく途切れていく。涙と聞こえたが、わたしたちほど惨めな涙を流した人が、他にいるだろうか。

姉が「国道」を避け始めてふた月ほど経ったときだ。年末に近いある日だった。冬休みに入っていたため、その日の言い訳はテストではなく、お腹が痛い、だった。

——今日は姉ちゃん、来てないのか？

畑の隅、国道から死角になった農道沿いでさぼっていると、背後からいきなり声をかけられた。姉の同級生の、宮下邦和《みやしたくにかず》という子だった。見た目はそれほど良くないが、頭が良いのと走るのが速いことが有名で、学年が違うわたしでも、顔と名前は知っていた。

わたしは姉の言い訳をそのまま彼に伝えた。

——そっか、腹痛じゃ仕方ねえな。見舞いに預けても嫌がらせになるだろうし、よかったらこれ、姉ちゃんにばれないように、ここで食っちゃって。

彼はわたしにチョコレートを一枚差し出した。当時、新発売になったばかりの生クリームがたっぷり入っているという板チョコで、白地に赤い花模様の包み紙が美しく、買ってほしいと母に何度かねだったことがあったが、五十円以上のお菓子は買わないと、いつも突っぱねられていた憧れのお菓子だった。

礼を言って受け取ると、邦和は荷台にセメント袋を積んだ軽トラの運転席に乗って、農道の奥へと進んでいった。山を崩して作られたインターチェンジの周辺整備を請け負っているのが宮下土木という、邦和の家が経営している会社だった。当時のわたしは、家業を手伝うときは、中学生でも車の運転をしてもいいのか、とまったく気にすることなく車を見送った。

——分けてもらえなかったらお母さんが買ってあげるから、チョコレートはお姉ちゃんに渡したら？

弁当を食べているとき、母がわたしに言った。ボロ服のポケットに隠しておいたのに、邦和からチョコレートをもらったことは気付かれていたようだ。

家に帰って事情を話し、チョコレートを渡すと、姉は澄ました顔で「じゃあ、半分こね」と花柄の包み紙を丁寧に外した。銀紙の上からチョコレートを二つに割ると、うっとりするような甘い香りが漂った。だが、姉は顔を歪ませ、やっぱりいらない、とわたしに全部チョコレートを押しつけ、自室に閉じこもってしまった。

追いかけると、襖《ふすま》ごしに、枕に顔を埋めて泣いている声が聞こえた。やはり腹痛なのかと、正露丸を持ってこようか、と訊《たず》ねると、いらない！　ときつく返された。居間に戻り、チョコレートをかじりながら、腹痛ではないのなら何だろう？　と考え、ふと思いついた。

姉は、宮下邦和のことが好きなのではないか。ボロ服を着て畑仕事をしている姿を見られたくない相手は、都会に住むきれいな服を着た人たちではなく、家の手伝いで「国道」脇の農道を通っていく、宮下邦和なのではないか、と。

邦和がチョコレートの差し入れをしたのは、以前、姉を「国道」で見かけたことがあるからだろう。差し入れ？　ただの同級生に新発売の高価なチョコレートなどあげるだろうか。姉は学校で友だちとチョコレートの話をしていて、邦和はそれを聞いていたのかもしれない。あるいはもしかすると、二人は両思いなのではないか。冬休みが明けて、姉は学校で彼にどんな態度をとるのだろう。チョコレートのお礼は言うだろうか……。

姉の泣き声など無視して、一人で想像を膨《ふく》らませてドキドキしていたのだが、そんなのは三日後、どうでもよいことになる。

父が交通事故で死んだのだから。

愛する故郷は、去った者にも、温かな手を差し伸べ、おまえもわたしのために泣いていいのだと、溢《あふ》れる涙を受け止めてくれる――。

今年もあと三日。そんな日に父は朝から「釣りに行く」と車で出て行き、母と姉とわたしは弁当持参で「びわの木」に母の運転する軽トラで行った。携帯電話などない時代だ。父が事故に遭ったのは午後二時頃だが、わたしたちが連絡を受けたのは、午後六時を過ぎてからだった。しかも、呼び出された場所は島内の病院ではなかった。

駆け付けたときにはすでに父は死んでいた。

島内には、本土から釣り客が訪れるほど、よい釣り場がたくさんあるにも拘《かか》わらず、父が事故を起こしたのは本土だった。しかも、山の中。その上、助手席に同乗者がいた。

わたしたちのまったく知らない女性だった。事故の原因は父のいねむり運転で、父は病院に運ばれてしばらくは息があったが、女性の方は即死だった。

その後、女性の身元がわかったが、小学生のわたしには詳細は伝えられず、知っているのは、父と同じ職場の、学校を出たばかりのお嬢さん、ということだけだ。

それでも、父の葬儀の最中、弔問客がささやいていたのが、悼《いた》む言葉ではないと理解することはできたし、葬儀の翌日、家に押しかけてきた老夫婦に「人殺し」と罵《のの》しられ、母が両手をついて謝っている姿を見ると、我が家は責められる立場にあることを、実感することができた。

葬儀には姉やわたしの担任やクラスメイトも参列していた。弔問客の噂話はその人たちの耳にも入ったはずだ。

しかし、わたしの場合は、まだ小学生だったことが幸いした。それ以上に、担任に恵まれていた。「おまえの父ちゃん、人殺し」と同じクラスの男子がわたしをからかうと、担任はクラスの子どもたち全員に、他人を貶《おとし》めることがどんなに愚かな行為であるかを教え諭《さと》し、そんなことをするといつか絶対に自分に返ってくると、半ば脅迫じみたことまでしてくれたのだ。

姉は陰湿なイジメを受けていた。家では何も言わなかったが、三学期が始まった直後、姉が夜中にこっそり上履きを洗っているのを見たことがある。その後も、ノートに落書きをされたり、体操服をかくされたり、白いブラウスに墨汁をつけられたりしていたようだが、姉が泣いている姿は見たことがない。

ある日、肩まで伸ばしていたまっすぐな髪を、ざんばらに切られて学校から帰ってきたことがある。そのときも、平然とした顔で母に「自分で切ったらおかしくなったから、そろえて」と言い、頼まれた母の方が「ごめんね」と涙を流しながら、姉の髪を切りそろえていた。

一度だけ、姉が母に「島を出て行こうよ」と言ったことがある。しかし、母は「わたしはここ以外で暮らしていく方法を知らないの」と言い、姉に何度も謝った。

姉も気の毒だが、誰に対してもひたすら謝り続けている母も気の毒だった。

いや、姉に同情してやる筋合いはない。結局、あの人は島を出て行ったのだから。しかも、高校を卒業する前に男と駆け落ちした娘、という汚名を我が家に残して。

わたしに母を押しつけて。


我が故郷よ。

その名が失われることに、幾夜、涙を流したことか。

己の無力さを知り、幾度、両手のひらに爪痕《つめあと》を深く刻み込んだことか――。


「なら、あんたが島に住んで税金を納めろ」

吐き捨てるようにつぶやく声にハッとした。わたしの前の席に座っている女性だ。昔の出来事をぼんやりと思い返しているところに、平手打ちをくらわされた気分だ。

「そうよねえ」

その隣の女性が同意する。二人とも、わたしと同年代か少し上くらいだ。

そうだ、その通りなのだ。

しかし、千人収容できる市民会館の大ホールの後列で上がった声など、前列の鼻をすすりあげる音にかき消され、姉の元には届かない。

四十席×二十五列のうち、前五列は来賓《らいひん》、六から十列目までが、島外から参加希望八ガキを出して抽選で選ばれた人たちだ。それより後ろの席は島在住の人たちで、十一から二十列目までは小・中・高生の代表者、二十一列目からは各地域ごとの代表者となっている。代表者といっても、各地区から五人ずつ出さないといけない決まりになっているのだ、と区長に頭を下げられ、わたしのようにタンスの奥から引っ張り出した流行遅れのワンピースを着て、仕方なく出席している人たちばかりだろう。

我が故郷よ、永久にあれ！

どうやら終わったようだ。割れんばかりの拍手の中、姉はブランド物のドレスの裾《すそ》を翻《ひるがえ》し、笑顔を振りまきながら退場していった。前列だけでなく、中高生からも熱烈なる拍手が送られている。どうやら、姉の本を読んでいる高校生は、娘の美香子《みかこ》だけではなさそうだ。

姉の職業は作家。このたびの式典には特別ゲスト、島出身の著名人枠で出席している。今年でデビュー二十周年を迎えたが、姉自身が白綱島出身だと公表したことは一度もない。小説の舞台に白綱島やそれらしき島を用いたこともないし、講演会などで島に帰ってきたこともない。なのに、「白綱島市閉幕式」には出席しているのだ。

昨晩、突然、姉から電話がかかってきた。

――わたし、明日の閉幕式に出席するんだけど、あんたは行かないの？

これが、二十五年間、一度も音沙汰のなかった人間の第一声だろうか。あきれると同時に、本当に姉かどうか確信が持てず、行くけど、とだけ答えると、「じゃあ、また明日」と電話が切れた。

――もしかして、伯母さん？　式典、来るの？　そりゃ、有名人だもんね。

美香子ははしゃいだ声をあげたが、わたしには、どうして今頃、としか思えなかった。しかも、「故郷に寄せて」という作文までステージ上で読み上げるとは。

作家なのだから、そういった依頼があってもおかしくないだろうが、それにしても、恥ずかしげもなく、よくもあんなものを人前で読めたものだ。

島を捨てた人間のくせに。

しかも、白綱島は海に沈んで消滅するわけではない。なくなるのは「白綱島市」の「市」の部分のみだ。

白綱島市は今年で市制五十五年を迎えた。日本には数多くの島があるが、一島一市で成り立っているのは、全国でこの白綱島ただ一つである。市発足当時の人口は約四万人。造船業が盛んで、鳩や風船が飛び、鼓笛隊のパレードが行われる賑やかな進水式が、四十年前の全盛期には毎週のようにおこなわれていた。

三十年前には本土と結ぶ橋が架かり、「瀬戸内海のシチリア島」というキャッチコピーのもと、観光客がたくさん訪れた。その後、インターチェンジをおりたところに、『ようこそ、白綱島市』と書かれた、ピサの斜塔を模した大きなオブジェも建てられた。

ミカンも高値で売られた。

しかし、徐々に陰りが見え始める。造船不況、牛肉オレンジ輸入自由化——。バブル景気は外国の出来事のように白綱島の外を通り過ぎていったが、バブル崩壊は真正面から襲ってきた。働くところを求めて、最初は、もともと島外から来た人たちが去っていき、次第に、島で生まれ育った人たちも出て行った。

現在の人口は二万人である。一島一市で運営していくのはもう限界だということを、島で生活する人たちは肌で感じていた。だから、対岸本土の市と合併することになっても、たいした騒ぎは起こらなかった。

無駄に騒いだのは、島外に出て行った人たちだ。

故郷を守りたくないのか？　それなら、あんたが島に住んで税金を納めろ。

前の席の女性のつぶやきは、姉だけに向けられたわけではない。

そもそも、故郷とはいったい何なのだろう。

市町村の合併は全国各地で相次いでいる。片仮名や平仮名の混ざった洒落た新市名をつけているところも多々あるが、白綱島の場合は吸収合併である。新市名は合併相手の市の名称のままだ。

だが、文学の香りが漂う全国的にも有名なO市の一部になることは、決して悲しいことではない。しかも、住所に白綱島は残るのだ。これまでは、白綱島市××町だったものが、O市白綱島××町に変わるだけ。

海も山も何も変わらない。むしろ、合併してもたいした予算はつかないだろうから、新しい公共施設ができて景観が変わった、などと嘆く心配もないのではないか。

そんなこともわからずに、故郷が、故郷が、と繰り返す来賓のつまらないスピーチや、島を捨てた作家のおかしな作文に、涙を流し、鼻をすすっているのだから、出て行った人たちはお気楽なものだ。

式典の中継にテレビカメラが数台入っているが、きっと彼らが欲しい画が撮れていることだろう。涙を流している人たちが着ている服が、この島では売っていないものだということに、気付きもしないのだ。式典が終わったら、墓参りもせずに帰っていく姿を映してみたらどうだ。

コンビニができているなんて、ショックだわ。

式典開始前にマイクを向けられ、そんな回答をしている女性がいた。白綱島は昭和なんとか村というアトラクション施設ではない。人間が生活をしている場所なのだ。出て行った人たちに、ノスタルジーがどうの思い出がどうのと、文句を言う権利などない。

演台が片付けられたステージ上に、白いブラウスと黒いスカート姿の女性が三十名ほど現れた。白綱島婦人合唱団だ。ピアノ伴奏が流れ始めると、団員たちはからだを揺らし、情感を込めて歌い出した。

みかんの花が咲いている、思い出の道、丘の道――。

姉に毒づいていた前の席の女性が鼻をすすった。気持ちはわかる。事情を理解している島民だって、寂しくないわけではない。

小学校の社会科の授業で、「一島一市で成り立っているのは、全国で白綱島だけです」と先生が話すのを聞きながら、それがどういうことか理解できなくても、全国でただ一つということは、きっとすばらしいことなのだ、と誇らしく感じていた。日本中の小学生がそれを習い、テストの答案用紙に「白綱島」と書くのだろうと、わくわくしたものだ。

中央商店街はいつも賑わっていた。パーラーでチョコレートパフェを食べさせてもらうのが、子どもの頃の一番の楽しみだった。

いや、お祭りか。春祭り、夏祭り、秋祭り、季節ごとの祭りでは、神社の参道沿いに露店がずらりと並んだ。綿菓子、リンゴ飴、たこ焼き、焼トウモロコシ、こんぺいとう。何を買ってもらおう、と姉と相談するのだが、わたしはすぐに決まるのに、姉はなかなか決められずにいた。だから、毎回、わたしの方が先に買ってもらうことになった。

――わたしは綿菓子にする。

そう言って、顔より大きな綿菓子を買ってもらい、夢中になって全部食べきったあと、姉がリンゴ飴を買ってもらうのを見ると、やはりそちらにすればよかった、と思うのだ。真っ赤な飴が世界一おいしい食べ物のように見えてきて、それを食べられない悔しさに涙を流していると、母が財布を出し、姉が参道を走り戻って、真っ赤なリンゴ飴を買ってきてくれる。

綿菓子がトウモロコシのこともあったし、リンゴ飴が食べ物ではなく花をつけたサボテンだったこともあるが、ほぼ毎回、こんなことを繰り返していたのか、と当時の自分のおでこをはじき飛ばしてやりたくなる。

それが今では、パーラーだけではなく、商店街のほとんどの店のシャッターが下りたまま。祭りは続いてはいるものの、参拝者も露店も十分の一ほどの規模となり、子どもが楽しめる場所とは言えなくなってしまった。

映画館も、ショッピングセンターも、ボーリング場もない。

美香子もそうだが、島の子どもたちの楽しみは島の外にある。

懐しい思い出の故郷ではない。生まれてからずっと住み続けている場所が寂れていくのを、悲しまない人などどこにいようか。

バッグからハンカチを取り出し、涙を拭《ぬぐ》った。泣いているのは前の席の女性とわたしだけではない。だが、前列からは白けた空気が立ち上っている。

島を出て行ったものは島を出て行ったものに、島に住んでいるものは島に住んでいるものに、自分と同じ立場の者にしか同調できないということか。

誰のために、何のために、こんな式典が開かれているのだろう。

この市民会館の大ホールは、わたしにとって思い出の場所だ。成人式に晴れ着を着たわたしをぜひ見たいと、職場の同僚だった結婚前の夫がカメラを持ってやってきて……。成人式もここでおこなわれることはもうない。橋を渡って行くのだ。

市役所はどうなるのだろう。住民票や介護保険の申請はこれまで通り、島内でできるのだろうか。おちおちと泣いていられやしない。

式典が終わり、ロビーに出たところで、携帯電話がバッグの中で震動した。美香子だろうか。母がまた何か訳のわからないことを言っているのではないか。だが、表示されているのは憶えのない番号だ。デイサービスのヘルパーさんかもしれない。マメに番号を登録していないのは、こういうときに困る。通話ボタンを押した。

『もしもし、わたし。あんた、午後の部にも出席するでしょ』

「お姉ちゃん！　どうして、わたしの番号を知ってるの？」

『家に電話して、あんたの娘に聞いた。美香子ちゃん、もう高校生だって？　それより、お昼ごはんを一緒に食べようよ。自動販売機の横にいるからね』

姉は昨晩同様、こちらが返事をしないうちに電話を切った。自動販売機は市民会館出入口の横にある。電話を閉じて向かうと、姉は数人の女子高生に囲まれて、握手をしたり、携帯電話で写真を撮られたりしていた。わたしを見つけると優雅に手を振り、じゃあね、と女子高生をかき分けてやってくる。

「わたしのファンなんだって。本屋がないから、ネットで注文してくれてるらしいよ。丸井書店、なくなっちゃったの？」

二十五年ぶりの対面でもこの台詞《せりふ》か、とあきれ果て、何も返さずに外の駐車場に向かった。軽自動車を停めてある。

「あんた、運転できんの？　当たり前か、車無しじゃやっていけないもんねえ」

これも無視をしたが、姉は気にする様子なく助手席に乗り込んだ。

「さて、どこに行こう？　ガイドブックにはご当地ラーメンマップが載ってるけど、ラーメンなんて、いつから有名になったの？」

故郷に帰ってくるのに、ガイドブックなど買ったのか。

「七、八年ほど前。不味《まず》くはないけど、わたし、母さんのお昼の準備してないのよ。後ろめたい気持ちがないんだったら、お姉ちゃんも家で食べる？」

「断ると後ろめたいことになるんだったら、帰るわよ。何なら、わたしが作ろうか？」

「やめて。出て行った人に、台所に立たれたくない」

「じゃあ、ごちそうになろうじゃない」

何が可笑《おか》しいのか、姉はケラケラと笑っている。二十五年ぶりに自分が捨てた実家に帰る、母と再会する、気負いはないのだろうか。それとも、二十五年間、一度も連絡をよこさなくても、有名になった作家先生を家族は歓迎してくれるとでも、勘違いしているのだろうか。


まさか、大歓迎するとは——。

美香子はもちろん、縦のものを横にもしない夫までが、やれ、ビールだつまみだなどと言いながら、いそいそと居間と台所を往復している。

そうめんと天ぷらを手早く作ってテーブルに並べ、隣室から母を連れ出した。姉には母に認知症の症状が出始めていることを車の中で伝えてある。ふうん、としか答えない姉を車を停めて蹴り出してやりたい衝動に駆られたが、おそらく想像がつかないのだろう。

母は姉がわかるだろうか。

「あら、おかえり」

姉を見て母は笑みを浮かべ、まるで散歩から帰ってきたような調子でそう言った。姉は一瞬、息を飲んだが、すぐに何食わぬ顔をして「ただいま」と答えた。

都会の料理で舌が肥えているだろうから、文句をつけられるかと構えたが、上手にからっと揚がってる、と言いながら、姉は天ぷらをおいしそうに口に運んだ。いつもは小食の母も、姉が帰ってきたことが嬉しいのか、機嫌良くそうめんを全部平らげた。

「東京に住んでるんでしょ？　いいな」

美香子が姉に言った。受験のことで揉めているが、まさか、姉に相談するつもりだろうか。

「美香子ちゃんは高三だっけ？　東京でも大阪でも、好きなところへ出ていけばいいでしょ。わたしが出て行ったのも、ちょうど同じ年のときよ」

「お姉ちゃん、やめてよ、そういう言い方」

「何よ、わたしは別に、駆け落ちしろって唆《そそのか》してるんじゃない。進学なり、就職なりで出て行けば？　って言ってんの」

「ほら、伯母さんも言ってくれてるじゃない」

姉に便乗して、美香子がかみついてくる。

「美香子ちゃん、もしかして、反対されてるの？」

「そうなの。東京の女子大を受験したいのに、ママも、パパも県内の大学にしろって」

「どうして？」

「危ないからって。東京で大学生が殺された事件とか大麻とかのニュースを引き合いに出して、ダメって言うの。みんながそんなことに巻き込まれるわけじゃないのに」

「あきれた。去年書いた小説の登場人物に、美香子ちゃんが言ったようなことを言わせたら、一緒にテレビの対談に出た作家に、いつの時代のことですか？　って笑われたのよ。二十年前の設定にしているんですけどね、って言い返してやったんだけど、今の時代でもそういうことを言う人がいるなんて」

姉はケラケラと笑った。

「でも、実際にそういう事件は起こってるじゃない。それに、美香子は将来、学校の先生になりたいんだから、そんなに遠くに出る必要ないのよ。もういいでしょ」

他人はこれ以上口をつっこむなと言わんばかりに、語気を強めて言ったのに、姉は素知らぬ顔をして美香子に向き直った。

「美香子ちゃん、あんた、ママに、どうして大学に行きたいの？　とか、理由もなく大学になんて行かせられないわ、とか言われたでしょ」

美香子が頷く。どこかで聞いていたのだろうかと、腋《わき》の下を冷や汗が流れるほど、どちらの台詞もわたしは口にしていた。

「そんなことを聞かれても、将来のことなんてまだ漠然としか考えられない。でも、大学には行きたいし、できれば都会に出てみたい。そうするためには、大学を出なければなれない職業をあげればいい。そう思って、学校の先生って言ったんじゃないの？」

姉の言葉に「うん、うん」と美香子は何度も首を振る。そうだったのか。そこまでして出て行きたいのか。姉がわたしに向き直った。

「この子はね、まだ、どんな選択肢があるかも知らないの。自分が就けそうな職業を三十個あげなさいって言われて、あんた、すぐに答えられる？　わたしだって、ここにいるときは、作家になるなんて想像もしていなかった。でも、たくさん人がいるところに出ていけば、当たり前のように原稿用紙に文章書いて投稿している人がいて、そういう選択肢もあるのかって知ったのよ。美香子ちゃんも、いろんな選択肢があることを知ったうえで、やっぱり先生になろうって思うかもしれないし、他に何かやりたいことが見つかるかもしれないんだから、それを探すためだけにでも出してやりなさいよ。あんたが思うほど、東京は危険なところじゃないんだから」

「そりゃ、わたしは都会のことなんてわからないわよ。高校を出て、農協に就職して、結婚して、子どもを産んで、ずっとこの島にいるんだから。選択肢なんて、母さんをほったらかして出て行って、好き勝手やって、たまたま成功したのがそんなにえらいの？　わたしだって……」

母がいることを忘れていた。まるっきりわからなくなっているわけではない。だが、母はこちらの様子など気にも留めず、かぼちゃの天ぷらを食べながら、今年は雨が少なかった、などとつぶやいている。

「何？　わたしが残ってりゃ、あんたは外に出たの？　母さんに島に残ってくれって頼まれたの？　そうじゃないでしょう。自分で選んだんでしょう。わたしは島を出ることが良くて、残ることが悪いとは言っちゃいない。出るにも残るにも、それぞれの事情があるんだから。出たくて出ていく人、残りたいけど出ていく人、一度出て戻ってくる人、出たいと思わずに残る人、出たくてもそれができない人。陰口叩かれて、嫌がらせをされても、生まれ育った場所でしか生きていく術《すべ》を知らない人……」

最後のは、母だ。

「あの、僕は就職を機に本土から白綱島に来て二十三年間住んでますが、ここを田舎だと思ったこともないし、不便だと思ったこともありません。出張で何度か東京に行ったこともあるけど、ちょっと郊外に出ればここととそんなに変わらないし、だから、わざわざ金をかけて遠くに出る必要もないだろうと思って、妻に賛成しているんですけど」

夫が言った。たとえ、娘の進学の件でも、無口な夫が加勢してくれるとは思ってもいなかったし、県内の大学を薦める理由がわたしとは違い、そんな考えを持っていたことも初めて知った。姉も神妙な顔をして頷いている。

「そうね。ただ、美香子ちゃんは一生出て行くわけじゃない。パパさんの言うように感じて、就職するときに戻ってくるかもしれない。それも含めて、やっぱり、選択肢を広げてあげたらどうだろう。夏休みを利用して学校見学に行くっていう手もある。そのときは、うちに泊まってくれてもいい」

姉はバッグから手帳を取り出すと、「たしか、ここに一枚」と言いながら、カバーの折り返しの間から名刺を一枚出した。それを、夫に渡す。

「でしゃばるのはここまで。まあ、わたしも東京がそこまでいいところだとは思ってないからね。……あ、もう一時をまわってる。コーヒーでも飲みたいところだけど、さっさと片付けて、午後の部に行くよ」

姉は手早く皿を重ね始めた。「エビ天、もらっちゃお」と母が残したエビ天のしっぽを手でつまみ、口に放り込む。

「そうだ、午後の部は外だから、日傘を持っていった方がいいよ」

わたしに向かって言った。区長は、午後の部は来賓が中心だから午前中だけでいい、と言っていたが、この調子だと、姉を会場まで送って行くだけでなく、出席することになるのだろう。

午後の部の会場は、かつて我が家の畑「国道」があった場所だ。

二十五年前、ピサの斜塔を模したオブジェを建設するため、市に四分の一を買い取られ、残りの四分の三は十年前に更地にして売りに出し、五年前にコンビニが建てられた。

コンビニの駐車場に車を停めた。隣は小型のクレーン車が停まっている。姉が訝《いぶか》しげな目つきで辺りを見回している。あれほど嫌がっていた「国道」でも、なくなると複雑な心境になるのだろうか。

オブジェを建てるときの地鎮祭には、母と姉とわたしも出席した。しかし、今回はもう我が家は関係ない。だから、姉とわたしが出席する必要はないと思うのだが、姉はわたしを伴い、当然のように、オブジェの前に用意された席の最前列に座った。

「久しぶり」

見覚えのある男性が姉に声をかけ、隣に座った。宮下邦和だ。姉も「久しぶり」と澄ました顔をして答えた。

「仕事が終わんなくて、午前の部は出席できなかったけど、午後は何とか間に合った。おまえ、案内状に午後の部の会場がここだって書いてあったから、帰ってきたんだろ」

邦和が姉に言った。高校卒業前に素性のわからない男と駆け落ちをして島を出ていった同級生に話しかけているようには思えない。耳をそばだてるが、姉は何も答えない。

「安心しろ。駐車場のクレーンは関係ない。看板を付け替えるだけだ」

邦和の言っていることがまったく理解できないが、姉は安堵《あんど》のため息をついたように見える。

「何だ、知ってるんなら、連絡してくれたらよかったのに」

「二回も振られた相手にそこまでしてやる義理はない」

「家族は?」

「かみさんと、息子と娘が一人ずつ。かみさんはおまえのファンで、こっちは見たくもないのに、新聞や雑誌の切り抜きを見せてくる」

「そりゃ、いい人だ。わたしなんかと一緒にならなくて、大正解」

「そういう言い方はやめろ。もう、とっくに時効じゃないか」

「十五年前もそう言ってプロポーズしてくれたけど、海外に逃げているあいだはカウントされないでしょ。だから、まだ成立していない」

「海外ね……」

「でも、ありがとう。あの四年間がなけりゃ、今のわたしはないし、感謝してる。あんたにそれを言いに帰ったことにするよ」

「結婚は?」

「未だに相手を絞りきれないからね」

姉は歌でもうたうようにそう言って立ち上がると、わたしの腕を引いた。

「ここじゃ日傘をさせないから、後ろに座ろう」

わたしは宮下邦和を見た。二人の会話は何だったのだろう。もしや、わたしにだけ後ろの席に移動して欲しいのではないだろうか。だが、邦和はさっぱりしたような顔で目の前のオブジェをじっと見つめているし、姉はすでに一番後ろの席で日傘を広げている。

あわててわたしも追いかけた。

ピーッ、と接続不良のスピーカーが甲高いイヤな音を響かせた。

ただいまから、白綱島市閉幕式、午後の部を開催いたします。

プロの女性司会者の進行で、合併と同時に任期を終える市長が午前の部に引き続き、長い挨拶《あいさつ》を始めた。だが、わたしの耳にはまったく入ってこない。頭の中では、先程の姉と宮下邦和の会話が何度もリピートされている。

二十五年間、姉は家族とはいっさい連絡をとらなかったのに、邦和とは交流があったようだ。

邦和は「時効」と言ったが、何に対してのことなのか。

もしや、健一《けんいち》くんと駆け落ちしたことではないのか。

姉のことが好きだった邦和にとって、簡単に許すことのできない「罪」だったということなのだろうか。もちろん、姉のしたことは我が家においても大罪だが、あまり大きな声で責められないのは、その原因を作ったのが、母だからだ。

放浪の旅をしていた自称二十歳の健一くんは、ヒッチハイクで白綱島にやってきて、国道沿いを歩いていた。喉が渇いた健一くんはミカン畑に目を留め、少し譲ってもらおうと畑に侵入したところ、一人で収穫作業をしている母に出くわした。健一くんは母に、何か手伝いをするのでミカンを少しわけて欲しい、と頼んだ。母は、手伝いなどいいから好きなだけ持っていけ、と手持ちのビニル袋にミカンをつめて渡すが、健一くんは、実はミカン狩りをしてみたかったのだ、と母に申し出て、その日の作業を手伝った。その夜は我が家で夕飯を食べて一泊し、翌日、再び母と畑に出ていった。そうやって、うちに半月ほど住み着き、ある日、ぷっつりと姿を消したのだ。姉と一緒に。

今思えば、父を亡くした女ばかりの所帯に、よく見知らぬ男の人を上げたものだとあきれるが、健一くんは礼儀正しく、見た目も好青年で、おまけによく働いてくれた。その年の収穫はかなり楽だった印象がある。

そして、何といっても、彼が語る旅の話はとてもおもしろかった。

乗り物酔いが酷いせいで、旅行など娯楽どころか拷問にしか思えないわたしですら、健一くんの語る見知らぬ土地に思いを馳せ、うっとりしたり、時には、声をあげて笑ったり、涙を流したりしながら聞いていたのだ。島から出ることを望んでいた姉が、健一くんの語る世界に心を奪われてもおかしくはない。

『健一くんと一緒に島を出て行きます』

姉のそんな置き手紙を見ても、母は泣きも怒りもしなかった。

――お姉ちゃんは、広い世界で生きていける人なのよ。

そうポツリとつぶやいただけだ。

姉の名前を新聞の文化面に見つけたのは、駆け落ちから五年後のことだった。有名な出版社が主催する文学新人賞を受賞したとあり、あわてて近所の本屋に駆け込み、受賞作が掲載されている文芸誌を買った。そこには簡単なプロフィールも掲載されており、白綱島の名はなかったが、写真はどこから見ても、姉だった。

母に見せると、涙ぐんだまま、いつまでも写真を眺め続けていた。

新聞に載ったくらいだから、姉は家に帰ってくるのではないか、本を贈ってくるのではないか、と期待して待っていたが、一年経っても何の音沙汰もなく、家を出ていったとき以上に、姉は母やわたし、そして故郷を捨てたのだという思いが強く込み上げてきた。

姉の小説は年に二冊ほどのペースで出版され、そのほとんどが映画化やテレビドラマ化された。

時効が駆け落ちのことでなければ、家を出てから新人賞を取るまでの間に、何かあったのだろうか。邦和に「四年間がなけりゃ」と言っていたのは、この時期のことではないのか。彼は東京の有名大学に進学し、卒業後、島に戻って家業を継いだ。邦和の大学在学中、姉は彼と交流があった。

健一くんはどこへ行ってしまったのだ。

そもそも、本当に二人で駆け落ちしたのだろうか——。

それでは、ただいまより、看板の取り替え作業をいたします。

ピーキュー、とスピーカーから再び甲高い音が響き、わたしの思考は一時停止した。

ピサの斜塔を模したオブジェには『ようこそ、白綱島市』と一文字ずつ書かれたプレートが埋め込まれているのだが、宮下土木の作業服を着た男性が二人、ノミとハンマーを使って「市」と書いてあるプレートを取り外した。

ミス白綱島のたすきをかけた女の子が、中央に立っている市長のもとに、黒い大きなお盆を運んでくる。市長がそこから恭《うやうや》しく取り出して、高く掲げて見せたのは、「へ」と書かれたプレートだった。

姉がブッと吹き出した。バッグからハンカチを取りだし、口元を抑えている。出口を失った笑い声は体中をかけめぐるのか、姉の背中はひくひくと震え、その振動で、ハンカチの隙間から笑い声がもれた。

周りの席の人たちがチラチラとこちらを見ているが、まったくおかまいなしといった様子で姉は涙まで浮かべて笑い続けている。どう取り繕《つくろ》ってよいのかわからず、肘《ひじ》で姉のわき腹をつついたが、治まる様子はない。

市長がプレートを掲げているあいだに、宮下土木の二人は、プレートを外した場所に白いセメントかパテを塗ったようだ。

スピーカーから安っぽいファンファーレが流れる。市長はプレートを高く掲げたままオブジェの前に進み、ピサの斜塔にできたくぼみにプレートをはめ込んだ。

『ようこそ、白綱島へ』

思わずわたしも吹き出してしまった。だが、笑っているのはわたしたち姉妹だけだ。あわてて俯《うつむ》いたわたしの手に、姉がハンカチを握らせた。そして、立ち上がり、大きな拍手をする。邦和が立ち上がり、周囲の人たちも続き、会場は拍手喝采に包まれた。

皆が立ち上がり、前を向いて拍手をするなか、宮下邦和はちらりと姉を振り返り、笑顔で頷いた。姉も邦和に笑い返したが、どこか、泣いているようにも見えた。


以上をもちまして、白綱島市閉幕式、午後の部を終了いたします。

このあとどうするのだ、と姉に訊ねると、すぐに帰るから最寄りのバス停まで送ってくれ、と言われた。せめてもう一度家に寄って、母にちゃんと挨拶をしてからでもいいのではないか、と軽く責めても、もう十分だという。

仕方なく、車に向かい、バッグからキーを出そうとすると、携帯電話が点滅しているのに気が付いた。朝からマナーモードにしたままで、美香子からのメールだった。

「お姉ちゃん、手帳忘れてるって」

姉は、あっ、と声をあげ、二人でもう一度家に帰ることになった。姉と二人、狭い空間で肩をならべていると、一時停止していた思考が急速に稼働し始めた。

「ねえ、健一くんとはどうなったの？」

姉と目を合わさなくてもいいことを利用し、さりげなく訊いてみた。

「三月も経たないうちに、女作って逃げてったわよ」

「じゃあ、帰ってくればよかったのに」

「せっかく出て行けたのに？　健一なんてどうでもよかったの。ただのきっかけ」

「それで、そのあと、宮下さんとつき合ってたの？」

「ああ、聞いてたの？　そうよ。わたしは大学に行けなかったけど、彼の下宿は大学の同級生のたまり場になってたから、わたしも仲間に入れてもらってね。その中に、文芸同好会で小説を書いている人がいて、自分が書いたものをわたしにも読ませてくれていたんだけど、なんだ、この程度ならわたしにも書けるじゃないかって、ウエイトレスの仕事の合間に書いてたら、この通り」

「楽しんでたんだ。こっちはものすごく心配したし、お姉ちゃんが駆け落ちしたって陰口叩かれたりしていたのに」

謝るかと思ったが、姉は窓の外に目を向け、黙ったままでいる。「あっ、すずらん、なくなってる」と十年以上も前につぶれた喫茶店の名前をあげられ、ため息をついた。

「わたしやお母さんには連絡先教えないで、宮下さんには教えたの？」

「偶然、会ったの」

「島でならともかく、大都会、東京で？」

これにも姉は答えない。

「宮下さんと一緒に帰ってこようとは思わなかったの？」

「彼も大学を卒業するときにそう言ってくれたけど、わたしには無理だった。両手足縛られて髪の毛切られた場所に、帰りたいと思う？」

今度はわたしが返す言葉を失ってしまう。姉が出て行ったのは、やはり、単に都会に憧れていたからではなかったのだ。しかし、それなら高校を卒業してからでもよかったのではないか。あと、三ヶ月だったのに。

確か、最初は就職すると言っていたが、夏頃に、母が、お金が入るからそれで大学に行けばいい、と姉に言い、急遽《きゅうきょ》、受験勉強を始めたのではなかったのか。

どうして、そんなことを忘れていたのだろう。

「健一くんは本当にこの島を出て行ったの？」

一度は頭の中で打ち消したことを口に出してみた。姉と次に会える保証はないのだ。バカな質問でも何でも、気になることは訊ねておいた方がいい。

「式典中に、へんな百面相をしてるって思ったけど、そんなことを考えてたんだ。あんたは昔から、思考が内側に向いている分、小さな出来事のほころびを見つけて、その中に入っていくことができたよね。今からでも、何か書いてみるといい。……で、健一くんが島を出ていないとしたら、どこにいるってわけ？」

「ピサの斜塔の下」

姉が出て行ったときはまだ、ピサの斜塔は土台を組んだばかりだった。母と二人、残った部分の「国道」のミカンの収穫に行き、オブジェができていく様子を眺めていると、いつも宮下邦和がいたが、チョコレートをくれることも、話しかけてくることもなかった。

「なんで、そんなところにいるの？　あそこは地下シェルターか何かで、健一はそこで生活しているってこと？」

「違う。殺されて、埋められたの。……お姉ちゃんに。だから、今回、お姉ちゃんはもしかしてあのオブジェが撤去されるんじゃないかと心配になって帰ってきた」

「物騒な展開だ。でも、健一は骨太で背も高かったし、わたし一人で埋めるのは無理でしょ」

「宮下さんに手伝ってもらって」

「なるほど。で、動機は？」

「襲われそうになった、とか」

わたしに対してはさわやか好青年だった健一くんだが、そういうことがないとは言い切れない。

「わたしが二十五年間、帰ってこなかった理由がわかった？　あんたが怖かったんだよ。こうやってばれてしまうんじゃないかって」

思わずブレーキを踏んでしまう。都会だと、これで玉突き事故でも起きてしまうのだろうか。車を路肩に寄せて停めた。

「どうしたの？　もう、家に着くってのに」

姉がそしらぬ顔でこちらを見る。

「本当なの？」

このまま帰るわけにはいかない。夢物語のように、思いつくがままを口に出しただけなのに、あっさり肯定されてしまったのだから。プッと吹き出して欲しい。本気にしたのかと笑いとばして欲しい。しかし、姉は大きく息をついただけだ。

「違うのは動機だけ。襲われたことにしておくのもいいけど、この際だから言っとく。

健一はもともとお金目当てで母さんに声をかけて、うちに上がりこんできたの。『国道』が売れたでしょ。たったあれだけの面積なのに、小さな家が一軒建つくらいのお金が入ったんだから、あの頃の白綱島は本当に潤《うるお》ってたのね。でも、やっかむ人もいた。健一がヒッチハイクをして車に乗せてくれたおじさんはインターを下りながら、たったこれだけで何千万だからな、ってさらに三倍増しの金額を健一に言ったみたい」

「なんで、そんなことまで知ってるの?」

「受験勉強してたから。夜中にごそごそと音がするからこっそり様子を見にいくと、健一が仏壇の下の引き出しをあさってた。わたしに気付いて、何て言ったと思う? 一緒にここを出て行こう、俺が自由にしてやる、って。他人の通帳を片手に、バカじゃないの? どうしてお金のことを知ってるのか訊ねたら、ぺらぺらしゃべって。こいつにお金を渡したら、わたしの自由が奪われてしまう。そう思って、包丁で刺したの」

「どこから包丁なんて出てくるの?」

「物騒な物音がするのに、わたしが手ぶらで見にいくはずないでしょ。いじめられっ子は自己防衛能力が高いのよ。あとは、あんたの言った通り。邦和はたった一人の味方だったからね。最初は『国道』に埋めるつもりだったんだけど、母さんが掘り起こしたら困るから、オブジェの土台をはがしてその下に埋めたの。とにかく逃げろ、春には俺も大学で出ていくからそこで落ち合おう、って駅まで送ってくれた」

「それで、通帳持って出ていったわけ？」

姉は黙って頷いた。

「そんなことを平然と……。自分がかわいそうだとでも思ってるの？　苦労なんてぜんぜんしてないじゃない。わたしだって、本当は、学校くらい外に出てみたいって思ってた。でも、うちはそんな余裕ないと思って、わたしは出て行くのが怖いからって自分に言い聞かせて、テレビで怖いニュースを視るたびに、やっぱりねなんて思ってるうちに、本当に出て行くのが怖くなって。全部、あんたのせいだ！」

ハンドルに突っ伏して、声を上げて泣いた。

「……ごめん」

小さく聞こえたが、姉がどんな顔をしているのか、見たいとも思わなかった。


車を降りると、庭先から煙が上がっているのが見えた。母が何かしているのではと駆け寄ると、夫と美香子が送り火を焚いていた。悪戦苦闘しているのか、新聞の燃えがらはたくさんあるのに、肝心の送り火用の木の方はほんの少し茶色くなった程度で、ほとんど燃えていない。

「もうちょっと、涼しくなってからでもいいでしょう」

「だって、おばあちゃんが送り火はまだ焚かないのかってうるさくて」

見ると、母が縁側に座っていた。今朝まで迎え火のことを言っていたのに。

「それより、この木しけってるんじゃない？　全然、火がつかない」

美香子が不満そうな声を上げた。

「そんなのでつくはずないじゃない」

姉が美香子のとなりにしゃがみ、新聞紙を丸めて火をつけた。

「こうやって、空気が入るように重ねていかなきゃ」

二十センチほどの細長い薪《まき》を器用にくみ上げると、あっという間に火が燃え移った。赤い炎が上がり、パチパチと音がする。

「火くらい熾《おこ》せるようになって、バーベキューで生肉食べさせるような都会の男を鼻で笑ってやりなさいよ」

姉は美香子にそう言って、ケラケラと笑った。わたしは縁側から居間に上がり、テーブルの上に置いてある姉の手帳を取ると、早く帰れと言わんばかりに、火を眺める姉の鼻先に無言で差し出した。

「ああ、ありがとう」

姉は平然と受け取り、手帳を膝に乗せたが、何かを思い出したように手帳を開くと、カバーの折り返しの間から古びた紙切れを取り出して、火の中に放り込んだ。

花柄のチョコレートの包み紙だ、と気付いたときには跡形もなく燃え尽きていた。

姉とは結局口を利かないまま、夫と美香子がバス停まで送りに行った。

マッチを仏壇の小物入れに戻していると、ふと、仏壇の下の引き出しが気になった。大事なものが入っているからここを触ってはいけないという、物心ついたときからの教えを、四十年近くも守ってきたのだが、母がいないことを確認してから、ゆっくりとさび付いた金属の取っ手を引いた。カビの匂いが鼻をつく。

家の権利証でも入っているのかと思いきや、父の通信簿が出てきた。これが大事なものかとあきれたが、その下に家の権利証もあった。そして、その下には、通帳だ。かなり古びた表紙には、母の名前が書かれてある。開くと、二十五年前の日付が書き込まれていた。九月一日付けで八百万円の入金があり、それ以降は何も記されていない。これは「国道」の一部が市に買い取られたときに入金されたものではないだろうか。だとしたら、どうしてここにあるのだ。姉が持って出たのではなかったのか。

今日、姉がここに通帳を戻す時間はなかったはずだ。

ずっとここに置いてあったのだとしたら、母はどうしてこのお金に手を付けなかったのか。

――ちゃん。

母がわたしを呼んでいる。わたしがしていることに気づき、咎《とが》められたような気がして、あわてて引き出しを閉めた。洗面所で手を洗い、母の部屋に入る。座椅子に座ってテレビを見ていた母が振り返った。

「送り火をそろそろ焚いた方がいいんじゃないか？」

「さっき焚いたでしょ」

「嬢もボンもへたくそで、火がつかなかったじゃないか」

嬢とボン、美香子と夫だ。

「そのあと、お姉ちゃんが火を付けてくれたじゃない」

「お姉ちゃんがいるはずないじゃないか」

「何言ってるの？　お昼ごはんも一緒に食べたでしょ」

「あれは、作家の桂木笙子《かつらぎしょうこ》さんだよ。わたしの残したエビ天まで食べて、食いしん坊だけど気さくな人だねえ。そういえば、火も焚いてくれていた。そうだ、そうだ」

母は満足そうに頷いた。

「だから、桂木笙子がお姉ちゃんじゃない」

「いいや。お姉ちゃんは帰ってこない。わたしの罪を背負って島を出て行ったんだから。わたしのせいで……」

母は肩を震わせ、しゃくり上げるように泣き出した。背中を撫でてやる。

「帰ってきたよ。母さん、おかえり、って言ったじゃない。お姉ちゃんも、ただいま、って言ったじゃない」

なだめながらも、母の言ったことが真実なのか妄想なのか判断できずにいる。姉に確認しなければ。美香子に電話をすればまだ間に合うかもしれない。いや、ダメだ。妄想ではない。母はまだ、そこまで遠いところには行っていない。健一くんを刺したのは母だろう。それを目撃した姉は、自分がやったことにして邦和に助けを求め、駆け落ちを偽装した。

これが、姉が島を出て行った本当の理由なのだ、きっと。

姉が自分の役割を全うし続けるのなら、黙って送り出すのが、わたしの役割だ。

さようなら、お姉ちゃん。

海の星

仕事を終えて帰宅し、食卓につくと、息子もまだ食べている最中だった。一緒に夕飯をとるのは何日ぶりだろう。

ついこのあいだまで、子ども用のプラスティックの茶碗や皿に、仏壇に供えるのとさして変わらない量のごはんやおかずを盛り、それさえも時間をかけてどうにか食べ終えていたというのに、小学一年生を半分終えた彼の前に置かれているのは、家族揃いの陶器の食器で、妻とほぼ同じ量が盛られている。

小学校に上がる際、こんなに食が細いのに給食は大丈夫なのか、と妻と一緒に心配したものだが、まったくの杞憂《きゆう》に終わったようだ。

身をほぐしてやった魚を食べることも嫌っていたはずなのに、骨が付いたまま調理された魚を、箸《はし》でほじくるようにではあるがおいしそうに口に運んでいる。うっかり骨が口に入ってしまっても、嫌がる様子もなく、抜けたばかりの前歯の隙間から器用に片手で取り出している。そのせいで、指先はスープでべとついているが、それを注意するのは今夜でなくてもいいはずだ。私も箸を手に取った。

魚介類を香草とスープで煮込んだアクアパッツァは妻の得意料理の一つだ。職場で知り合った妻に、彼女のアパートで初めてふるまってもらった手料理がこれだった。

——はりきって作ったはいいけれど、浜崎《はまさき》さんが瀬戸内海の島の出身だってことをすっかり忘れてた。おいしい魚料理に慣れているはずだから、辛口採点されそう。

彼女は不安そうにそう言って、白い皿に料理をよそってくれた。

確かに、寿司や刺身に関しては少し舌が肥えていたかもしれない。そのうえ、子どもの頃は魚と肉が八対二、いや、九対一の割合で夕飯のおかずにのぼっていたため、魚料理はうんざりだと思っていた。外食の際、自分から魚料理を注文したことは一度もなかったくらいだ。

だが、こんな洒落《しゃれ》た名前のメニューは知らなかった。味も初めて体験するもので、こんな魚の味わい方もあったのかと感激し、正直に彼女に伝えた。

以後、結婚してからも、月に一度はこの料理が食卓に上がる。しかし、これまでのアクアパッツァは、鯛やスズキなどの白身魚が切り身の状態で入っていたが、今日のは骨がついたままの小アジが使われている。

――こんなちっこい魚、何匹食っても腹にたまんねえだろ。

頭の奥におっさんのダミ声が響く。箸を持った手を置いて、ビールのグラスを取った。

「ああ、もう……」

どういうわけか、息子ががっかりした声をあげる。

「うん？　どうした、太一《たいち》」

「早くアクアパッツァを食べてよ。この魚、僕が釣ってきたんだから」

どういうことだ？　と妻を見ると、息子は日中、同じマンションに住む小学校の友だち一家に誘われて釣りに行って来たのだ、と説明してくれた。食べにくい魚をもりもり食べていたのは、そのせいか。誇らしそうな顔でこちらを見ている。

「僕一人で、二十四も釣ったんだよ。最後なんか、一回で三匹釣れたんだ」

「へえ、さびきをしたのか」

「そうそう、さびき。パパも釣りをしたことあるの？」

「子どもの頃にな」

「自分の釣り竿、持ってた？」

「ああ。古いのだけどな」

「いいなあ。今度、僕の釣り竿も買ってよ」

友だちは青色のかっこいい自分用の釣り竿を持っているが、息子は釣り具屋で一日五百円の竹竿を借りてもらったらしい。釣れた数は息子の方が三匹多かったが、かっこいい竿がうらやましいという気分はそれではぬぐえなかったようだ。

「でも、今日一日で充分満足しただろう。釣りなんて、年に一度やるかやらないかってくらいが楽しいんだ」

竿代を惜しんでいるわけではない。

「そんなことないよ。それに、今度はパパと行きたいよ。ね、いいでしょ？」

息子はムキになるが、正直なところ、釣りはもううんざりだ。

「そうだな、休みが取れたらな……」

息子は途端にがっかりした顔になる。釣りに限ったことではない。サービス業に就く父親の休みは、滅多なことでは土日と重ならないということを、子どもなりに理解していても、すぐには納得できないのだろう。父親がこの言葉を、約束を反故《ほご》にするために利用していることにも、薄々感づいているかもしれない。

「パパも太一も早く食べて」

妻がいつものことだと言わんばかりに苦笑して、明るい声で食事を急かす。せめてもの罪滅ぼしに私は、おいしいおいしい、と口にしながら小アジを丸ごと頬張った。そうして気付く。洒落た名前の料理に姿をかえようとも、鬱陶《うっとう》しい小骨の感触は変わらない。

脳裏に一瞬、島での生活が蘇《よみがえ》った。

母と二人の侘《わ》びしい食卓が。そして再び、おっさんのダミ声が——。

目に見えない連鎖、とでもいうのだろうか。小アジを頬張った三日後、仕事から帰宅すると、息子が眠ったあとで、妻にハガキを渡された。送り主は真野美咲《まのみさき》、島の同級生だ。

ご無沙汰しています。お元気ですか？　浜崎くんの住所は島本《しまもと》くんから教えてもらいました。実は来週、仕事の関係で（小学校の教員をしています）上京するのですが、一度お会いすることはできませんか？　お父さんのことでどうしてもお伝えしたいことがあるので、ほんの少しでもいいから、お時間を作ってもらえると有り難いです。ご連絡、お待ちしています。

昔と変わらない島の住所と一緒に、携帯電話の番号が書いてある。手紙ではなくハガキというところが、美咲らしい。島本から私が結婚していることを聞き、妻に無駄な不信感を抱かせないよう、そうしたのだろう。

妻は携帯のメールを勝手にチェックするようなタイプではないが、正月でもないのに届いた女性からのハガキには興味を持ち、文面を読んだようだ。

「昔の彼女とか」

さぐるように聞いてくる。送り主にそういう気持ちがあるならば、封書にするか、島本からメールアドレスを聞き出すだろう。

「高校時代の同級生だよ。彼女より、彼女のお父さんと親しい……いや、ちょっと関わる時期があったんだ」

「それで、お父さんのことで、って書いてあるのね」

妻は納得するように頷いた。どうやら、かなり気にしていたようだ。島での生活に関しては、父が失踪し、母と二人で貧乏暮らしをしていたことを、流す程度にしか話したことがない。語るようなことは何もないと思っていたからだが、彼女の方は、聞きたいが「失踪」という言葉に遠慮していたのかもしれない。

小アジとともに思い出したダミ声のおっさんのことを話す前に、父のことをもう少し話しておこうか。

父が失踪したのは小学六年生の秋だ。夕飯の後、九時前頃に、ちょっと煙草を買ってくると言って歩いて出て行ったきり、夜が更けても、朝になっても、帰ってこなかった。

事故にでも遭ったんじゃないかと、気になりながらも学校に行き、玄関を開けたら父がいるのではないかと想像をしながら帰宅したが、父の姿はどこにもなかった。母はその日のうちに警察に届けたが、それらしい事故が起こったという報告はなかった。

親戚や父の勤務する造船所にも電話をかけた。しかしどこも空振りに終わり、母は、どうしちゃったのかしらねえ、とわざと声を張り上げるように言いながら、受話器を置いた。

——チェリーが売り切れていて、遠くの自動販売機まで行っている途中に、転んで畑の脇にでも倒れているのかもしれない。

母はそう言ってコートを着ると、前日、父が家を出ていったのと同じ時間に、私にジャンパーを着るよう促《うなが》して外に出た。父を捜すためだ。

二人でまずは、低い山の麓《ふもと》にある家から、父がいつも煙草を買いに行く海岸通りの酒屋の自動販売機まで歩いて下り、そこから順に、ほかに煙草の自動販売機が置いてある場所を思い出しながら、町内を一周した。とはいえ、第二次ベビーブームのど真ん中に生まれたにもかかわらず、小学校は各学年一クラスしかないような、島の北側に位置する小さな浜辺の町だ。みかん畑や側溝を確認しながらでも、一時間もあれば充分だった。

父の姿も、人が倒れていたような形跡も見つけることはできず、海岸沿いの国道を母と二人でとぼとぼと歩いていると、桟橋《さんばし》の向こうの堤防に、何組かのカップルが等間隔に肩を並べて座っているのが見えた。

みな、桟橋横の空き地に車を停め、できたばかりの白綱島《しらつなじま》大橋を見に来ていたのだ。

レインボーブリッジのように吊り橋の形状にライトアップされているわけでもなく、道路に等間隔に立てられたライトが白く光っているだけだったが、海面に浮かぶ光の帯は、田舎者にとって充分に華やかで幻想的なイルミネーションだったのだ。

――橋、きれいだね。

橋を見ながらそう言うと、ネックレスみたい、と母は答えたが、お互い、足を止めることはなかった。母が何を思っていたのかはわからない。私は橋を見ているうちに、もしや父は橋の向こう側に行ってしまったのではないかという不安が込み上げ、じっと見ることが怖くなってしまった。

島内にいるのなら父は帰ってくる。しかし、父がもし橋を渡ってしまっていたら、もう二度と帰ってくることはない。今となれば、白綱島大橋など、単に隣の島とをつなぐだけのものでしかないし、当時だって、橋を渡って本土に行ったことは何度かあったのだが、夜の闇に浮かぶ東洋一の長さの吊り橋の向こうには、未知のとてつもなく魅力的な街があるように感じられた。

翌日も、九時になると母と私は同じコースを歩いてまわった。その翌日も、さらにその翌日も。父を捜すというよりは、お百度参りのような儀式めいたものになっていた。

歩きながら意味のある行動をしたのは、父が姿を消した一週間後、電柱や掲示板に、尋ね人として父の写真と当日の服装などの特徴を記載したポスターを貼ったときくらいか。母の所属している町内会の婦人部が手分けをして作ってくれたものだ。母の明るい人柄のおかげもあるが、そういう時代でもあったのだ。消防団が中心になり、町内の人たちが総出で父を捜してくれたこともある。

父は口数が少なく、おとなしい人だったが、洋服にはこだわるところがあり、柄の入ったシャツを好んで着ていた。姿を消した日は、赤地にキリン模様のシャツだった。夕日の沈むアフリカの大地がモチーフになっているのだ、と子ども会の親子遠足で動物園に行くときに着ていたため、写真が残っており、それを焼き増ししてポスターに貼り付けてもらった。

——知らない人が見るとチンピラと間違えられそう。

母はポスターを眺めながらそう言って苦笑し、でもこのほうが見つけてもらいやすいかもしれない、とも続けた。あの当時は、テレビドラマでよく記憶喪失ものをやっていたせいもあってか、母は婦人部の人たちに、事故に遭って記憶喪失になったままどこかに歩いていってしまったのかもしれない、と真面目な顔で言っていたし、聞いている人も、その可能性が高そうだと同意し、車を持っていない我が家に代わって、島全体、そして隣の島にもポスターを貼りに行ってくれた。

白綱島大橋は車道の下にもう一段道路があり、徒歩でも渡ることができるからだ。ただ、そういった親切な人たちだけに囲まれていたわけではなかった。

今の時代なら、ポスターに記載する連絡先は近くの警察署にするだろうが、当時は当たり前のように、我が家の住所と電話番号を記載していた。そのせいだろう。誘拐犯が身代金を請求するような、男女の判別がつきにくいくぐもった声で、「浜崎秀夫《ひでお》はもう死んでいる」という電話が何度もかかってきたし、同じ文面の差出人不明の手紙も繰り返し届いた。

父が死んでいることを考えなかったわけではない。事故の形跡がないのなら、どこかで自殺をしているのではないかと、心苦しいが誰かが言わなければならないのだといった様子で、母方の親戚が口にしたときには、多分そうなのだろうと涙した。

しかし、母はそれを認めなかった。

――あの人が自殺なんかするはずがない。だって理由がないじゃない。借金もないし、病気だってしていない。洋平《ようへい》と東京ドリームランドに行く約束だってしていたんだから。

そう言い切り、親戚たちを家から追い出した。そうして母は、父が死んだと一度でも口にした人とは、その後の交際をすっぱりと裁《た》ち切り、毎夜、町を歩き続けた。

「あなたも一緒に歩いていたの？」

私が一呼吸置くためにビールを飲むと、黙って話を聞いていた妻が口を開いた。

「半年くらいは毎日一緒に歩いてたけど、だんだん行かなくなって、中学の後半からはまったく行かなくなったな」

「思春期だもん、お母さんと二人で歩くなんて、恥ずかしくなるよね」

年齢的なこともあったかもしれないが、原因は別のところにあったのではないか。

「いや、多分、おっさんのせいだ」

私は美咲からのハガキをもう一度手に取った。お父さんのことで……今さらあのおっさんの何を伝えたいというのだろう。


父が姿を消した翌月から、母は総合病院の清掃員として勤めに出始めた。

もし、父が死んでいたなら、わずかながらでも保険金が下りるはずだが、失踪の場合は、何もない。会社勤めをしていた父の稼ぎが途絶えるだけだ。

短大を卒業後すぐに結婚して専業主婦となった母には、勤めの経験がまったくなかったにもかかわらず、フルタイムに早朝出勤までつけて働いていた。休日も、農家や野菜の集荷場の手伝いなど、何かしら仕事を紹介してもらっては出て行っていた。

そのため、私は休日も家に一人残されることが多かった。一緒に遊ぶ友人がいないわけではなかったが、六年生にもなると、日曜の午前や土曜の午後は塾に行くという奴が多くなり、私は一人時間をもてあますことになった。

塾に行く余裕が我が家にないことは理解していた。給食費の回収袋を持って帰ると、明後日がお給料日だから、先生にそう言って待ってもらってね、とほぼ毎月言われていたからだ。時間がないせいもあるのだろうが、夕飯の食卓にもパンやうどんといった侘びしいものが上がるようになっていた。

ただ、文句を言うのはおかど違いだということは理解していた。母は一日中働いてくれているのだ。夕飯くらいは自分が準備するべきではないのか。だが、それには材料が必要だ。昼食のパン代として三百円、机の上に置いてくれているが、それで買えるものなどしれている。

そこで思いついたのが、釣りだ。

釣りはあまり好きではなかった。幼い頃、父と釣りに行った際、釣り針が太ももにささって酷《ひど》い目に遭ったことがあるからだ。しかし、それもこの年になれば大丈夫だろうと、外の物入れから父が使っていた釣り竿を捜し、海岸通りにある釣り具屋に向かった。

大物ねらいよりもいっぱい釣れる方で、と釣り具屋の主人に言うと、さびき用の針とえさを出してくれた。確か、両方で二百円だったはずだ。

それらを持って堤防に行き、糸を降ろすと、いきなり二匹小アジがかかった。入れてはかかり、入れてはかかりで、おもしろいように釣れて、釣り場は家から目と鼻の先にあるのに、どうしてもっと早くこれをしなかったのだろうと後悔したくらいだ。

島外から来ている人たちもたくさんいた。釣り雑誌に紹介されるくらい有名なところだったらしい。そういうことは、近くに住んでいる者の方が知らないものなのだろう。

五十四釣れた小アジを家に持って帰ると、母がすでに帰ってきていて、魚を見ると、驚きながら喜んでくれた。

うろことぜいごと頭を落とし、内臓を取り出す作業を教えてもらいながら一緒に台所に立ち、大皿一杯のアジフライを作ってもらった。三枚におろせるほどの大きさではないため、骨のついたまま衣を付けたが、揚げたてにマヨネーズをかけて、はふはふと言いながらかぶりつくと、涙がでそうなくらい旨《うま》かった。

小骨が口の中に残ったが、取り出せばいいだけのことだった。

母も、おいしいおいしい、と言っていた。

その晩、母と歩きながら、あそこで釣ったのだと海岸通りから堤防を指さすと、行ってみようと進路を変えた。

――洋平、ジュースを飲もう。

母は酒屋の自動販売機の前で足を止め、コートのポケットから小銭を取り出して、細長い口に入れた。淡い光が灯った押しボタンを眺めながら、私はどれにしようかと迷った。母は自分の分は買わないのではないか。それならば、一緒に飲めるものにした方がいい。母は炭酸が苦手だからリンゴジュースにしようか。

そう思いながら手を伸ばすと、先に母の手が伸び、ガタンと取り出し口に缶の落ちる音が響いた。グレープ味のソーダ、私の大好物だった。

――子どもは遠慮しなくていいの。

そう言って、缶を取り出すと私の手に持たせ、自分用にリンゴジュースを買った。堤防にはその晩もカップルが数組いたが、母は等間隔の法則を破るようにあるカップルの真横に立ち、プルトップを引きながら橋を見上げた。

私も同じようにして橋を見上げた。光の帯の向こうには、暗闇が広がっている。

――お父さんも、煙草を買ったあと、一服するためにここに来たのかもしれない。

橋を見上げたまま、母は言った。それはあるかもしれない、と思った。足元には吸い殻がいくつも転がっている。隣のカップルの男も煙草を吸っているし、昼間、釣りをしていた人たちも、ほとんどが吸っていた。

煙草の旨さは成人しても理解できないままだが、静かな海を眺めながらの煙草は室内の何倍も旨いのだろう。グレープ味のソーダはおそろしくおいしかった。

――こんなにきれいなんだもん。その向こうに行ってみたくなっても、おかしくないよね。

母の目が潤《うる》んでいるように見えたが、海面に反射している光が、目に映っているだけだと思い込むことにした。そうしなければ、自分の方が大きな声を上げて泣き出してしまいそうだったからだ。くだらないことを言おう。

——明日のアジは何味？　なんちゃって。

母は一拍おいて大笑いした。それどころか、隣のカップルも二人でプッと吹き出した。こうやって、父が帰ってくるのを待ちながら、母と過ごしていくのだろうと思った。たいしたことはできないが、週末ごとに魚を釣ろうと心に決めた。

釣った小アジは翌日は焼き、その翌日は南蛮漬けにして、三日間食べ続けたが、飽きることはなかった。

釣りを始めて三度目の週末だったはずだ。

その日は初回ほど魚はかからず、一時間経ったバケツの中には小アジが五匹入っているだけだった。

——あーあ、こんなちっこいアジ釣りやがって。

突然、背後から声がして振り向くと、クーラーボックスを肩からかけたおっさんがバケツの中をのぞき、あきれたような顔をしていた。私はムッとして黙ったまま海の方へ向き直り、再び釣り糸を垂らした。すると、おっさんは、

——こんなちっこい魚、何匹食っても腹にたまんねえだろ。海に戻してもうちっと大きくなったのを釣り戻せ。

そう言って、バケツを持ち上げ、海に向かってひっくり返したのだ。

――何すんだよ。

腹の底からむかついた。お遊びではなく、夕飯のおかずがかかっているのだから。しかし、子どもが大声をあげたからといってひるむようなおっさんではなかった。

――悪い悪い。お詫びにこれをやろう。

悪びれる様子もなくそう言ってクーラーボックスを開け、中の魚を私のバケツにあふれるほど入れた。まるまる太った、長さ二十センチはあるアジだった。

――フライにしても、刺身にしてもうまいぞ。

――でも、こんなに……。

プライドは傷付けられたが、いらないと言い切ってしまう勇気もなかった。小アジを五匹捨てられたのだから、二匹はもらってもいいだろう、などとみみっちい計算をしていたはずだ。

――家族みんなで食べりゃいい。じいちゃんばあちゃんは一緒に住んでるのか？

――いいえ。

――じゃあ、兄弟は？

――いいえ。

――でもまあ、冷凍もできるし、干したり、身をほぐしてでんぶにするって手もあるな。遠慮せずに持って帰れ。

――はあ……。

私よりも三倍は大きな声で言われると、従うしかできず、私はそそくさと帰り支度をして、山盛りのアジが入ったバケツを持ち、礼も言わず、逃げるように帰った。

それが、おっさん、真野幸作《こうさく》との出会いだ。

「いい人じゃない。昔はいたよね、そういう人。わたしも学校帰りに家の庭にできた石榴《ざくろ》をもらったことがある」

妻はおっさんに好印象を持ったようだ。父の失踪のことを涙ぐみながら聞いていたぶん、その後、親切な手を差し伸べてくれたおっさんを、慈悲深い人間だと思っているのだろう。しかし、おっさんはあの段階ではまだ我が家の事情を知らなかったはずだ。

「そういうのは、一、二回だから有り難いんだよ。なんだかなあって思いながらもらったアジだったけど、母さんは普通に、あらよかったわね、とか言ってたし、刺身とアジフライにしてもらったけど、本当においしかったし」

三枚におろし、さらに半分に切って揚げたフライは肉厚で、嚙めばかむほど口の中に濃厚な魚の味が広がっていったのを、今でも憶《おぼ》えている。何よりも、小骨を気にせず、一気に飲み込めるのがよかった。刺身も、歯ごたえがあるのに舌の上でとろける、という絶品の旨さだった。

「まあ、娘さんからハガキが届くくらいだから、そのとき限りじゃないわよね」

「そのとき限りにしておいて欲しかったよ」

あるいは、母をおっさんに会わせなければよかったのだ。そうすれば、二、三回で終わっていたかもしれない。


翌週も釣りをしていると、おっさんはやってきた。その日はアジは不漁だったが、こぶりの鯛がよくかかっていたので、おっさんがこちらに近づいてくるのがわかっても、不愉快な気分にはならなかった。もしかすると、待ちかまえていたかもしれない。

——お、今日はマシじゃねえか。塩ふって焼くとうまいぞ。

得意げに笑い返したが、おっさんはやはりクーラーボックスの蓋を開けた。大きなイカが入っていた。

——あおりイカだ。まだ生きている。刺身で食うと旨いぞ。母ちゃんはイカさばけるか？

食卓に家でさばいたイカの刺身が上がったことはなかった。ヌメヌメと黒光りするイカを見ていると、母の白い手が触ることができるかどうか怪しいような気がして、私はおっさんに向かい、首を横に振った。

——そうか。家はここから近いのか？

黙ったまま頷いた。

——よし、じゃあ俺がさばいてやろう。ちょっくら台所を貸してくれ。

家に来るのか？　と少しひるんだが、どうにもおっさんには反論することができず、私は仕方なく片付けを始め、おっさんを平屋建ての借家である我が家に案内した。道中、おっさんは私に矢継ぎ早に質問をしてきた。

年はいくつだ、学年は、家族は、釣りが好きなのか、勉強の方はどうなのだ。

深く考える余裕もなく、私は聞かれたことすべてにぼそぼそと答えるだけだった。母と二人暮らしだということも話してしまった。その最中、おっさんは電柱に貼られた尋ね人のポスターに気づき、ちらりと見たが、それが私の父であることまでは話す必要はないと思い、黙っていた。

おっさんは「そうか」とだけ言い、自分にも私と同じ年の娘がいると教えてくれた。どこの小学校に通っているのかなど、今度は私がおっさんに質問する方にまわり、おっさんは島の南側の町に住む漁師だということがわかった。

おっさんの住む町は漁が盛んで、学校の社会科の時間にスクールバスに乗って、漁港の見学に行ったこともある。早朝に漁に出た漁船が港に戻ってくる時間で、取れたての鯛や鰆《さわら》が次々と船から上げられていた。

——漁師なのに、釣りもするの？

そう質問してから、おっさんは釣り竿を持っていないことに気が付いた。

——釣りに来たわけじゃねえんだ。橋ができてから島外からも釣り客が来るようになったと聞いて、商売のために来てみたんだ。せっかく橋を渡ってきたのに、何も釣れなかったじゃ残念だろ。そこで、魚を売ってやるのはどうだろうってな。

——え、じゃあ。

——心配すんな。子どもから金は取らねえよ。それに、今日はみんなそこそこ収獲があったみたいだから、俺から買う必要ないだろう。こりゃ、売れ残りだ。

おっさんはそう言って日に焼けた顔で豪快に笑った。家に着き、勝手口から台所に案内すると、おっさんは流しにたてかけてあったまな板と包丁を取り、するするとイカをさばき始めた。

そこに母が帰ってきた。見知らぬ男に一瞬ぎょっとしたようだったが、先週アジをくれた人だと説明すると、おっさんに丁寧に礼を言った。イカの代金を払うとも。それをおっさんは頑《かたく》なにつっぱね、しばらく、「払う」「いらない」が続いたが、最終的には母もおっさんの大声に負けてしまったようだ。集荷場でもらったマッシュルームをおっさんに持って帰ってもらうことでその場はどうにか丸く収まった。

しかし、おっさんはそれから二週間おきに、我が家を訪れるようになったのだ。

「お母さん目当てに？」

妻が言った。

「それ以外に考えられないだろう」

「そうね、写真でしか見たことないけど、かなりの美人さんだもんね」

母は私が島を出て五年目に病死した。結婚をしたのはそれから二年後だ。

「ダンナさんがいなくなった家に下心丸出しのおっさんが来たら、お母さんもイヤだったんじゃない？」

「それが、おっさんはその辺りは上手いというか、母さんに拒絶されないように、初めの頃は一線引いている感じだったんだ」

魚を届けに来ても、台所より奥へはこちらが勧めても絶対に入らなかったし、お茶を淹《い》れても、その場できゅっと飲み干して早々に引き上げていった。高価な魚ばかりもらって申し訳ない、と母が言うと、次の回からしばらくは、娘が焼いたというクッキーやマドレーヌを持ってくるようになった。

菓子作りにはまっているのはいいが、うちの者は皆甘いものが苦手で、申し訳ないがもらってほしい、などと言われると、母も受け取らざるをえなかったようだ。ピーナッツ入りのクッキーは、製菓用ではなく、つまみ用のピーナッツを使用していたのか、周辺の生地が少し塩辛くなっていた。私には好みの味だったが、安っぽさは否めない。

しかし、母はそれに対しても、お礼にとハンカチなどを買って渡していたため、さらにそのお礼として立派な鯛を持ってこられたりと、おっさんとのやりとりは、やはり堂々巡りになってしまうのだ。

「本当にお母さん目当てだったのかな？　なんか、おせっかいで親切なおじさんっていうくらいのイメージなんだけど」

「そんなことないよ。一線引いてるのは母さんの前でだけで、俺には母さんのこといろいろさぐり入れてきたんだから」

おっさんは母がいるときは早々に引き上げたが、私と二人のときは長々と居座った。家の中でだけではない。ちまちまとさびきなんかやってもつまらねえだろう、と一日かけて投げ釣りを仕込まれたこともある。

魚がかかるのを待つ間、おっさんは母のことを訊ねてきた。

もともと島の人なのか、今何歳なんだ、両親は健在なのか。

――父ちゃんの噂は聞いたが、それは本当なのか。

「な、下心みえみえだろ。だから、変な気おこさないように、ちゃんと言ってやったんだ。俺の父さんは行方不明になっているだけで、離婚したわけでも、死んだわけでもない。母さんはずっと父さんが帰ってくるのを待っているんだ、って」

「おっさんは何て？」

「そうか、って。がっくり肩を落として、かなり落ち込んだ様子だった」

投げ釣りの方も、さびきとさほど変わらない小さなアジが三匹釣れただけだった。

それでも、おっさんは二週間後、何食わぬ顔をして大きなスズキを持ってやってきた。娘の作った菓子も持ってきたし、ノリの佃煮やちりめんじゃこなどの乾物を持ってくることもあった。

「お母さんはそういうの、嫌がったりしなかったの？」

「あきらめてた。ニコニコ笑いながら受け取るのを見てると、無性に腹が立つことが定期的にあって、その都度、貧乏人が施し受けてるようなもんじゃないか、恥ずかしくないのかよ、断れよ、って言ってたんだけど……」

私が声を荒らげてそう言っても、母は静かに、そして、ほんの少し困ったような笑みを浮かべてひと言答えるだけだった。

――だって、受け取ると喜んでもらえるでしょ。

どうしてこちらがおっさんを喜ばせてやらなきゃならないんだ、と更に腹が立ち、なるべく母と顔を合わせないようにするため、自室に閉じこもるうちにだんだんと、夜、一緒に歩くこともなくなっていった。

「それに、近所の人たちもおっさんのことには気付いていて、嫌味を言う人もいたから」

——新しいお父さんができそうで、よかったわね。

「それは辛いね。ねえ、ところで、おっさんに奥さんはいなかったの？」

「いない。俺と会う二年前くらいに病死したらしい」

私がそれを知ったのは、おっさんと決別したあとだ。こちらの父親は死んでないのだから、おっさんに配偶者がいようといまいと関係なかったし、確認したいとも思わなかった。

決別の引き金を引いたのはおっさん自身だ。中学三年生の秋、父の失踪からまる三年経っていた。

いつもは野暮ったい格好で我が家を訪れていたおっさんが、その日は背広姿でやってきた。髪もきれいに整え、手には魚ではなく、白いユリの花束を持っていた。しかも、やってきたのは勝手口ではなく、玄関だった。

土曜日の昼過ぎ、午後三時頃だったか。ドアフォンがなり、私がでたのだが、玄関の引き戸を開けても、目の前に立っているのがおっさんだとすぐには気付かなかった。続いて出てきた母も「まあ」と驚きの声を上げた。

居間に上がるよう勧めると、いつものように「ここでいい」とは言わなかった。靴をきれいに揃えて上がり、客用の座布団の上に正座をした。おっさんにコーヒーを出したのは初めてだったはずだ。

おっさんは母に「大切な話がある」と言った。私はどうするべきかと戸口に立って様子を窺っていたが、「洋平も一緒に聞いてくれ」とおっさんに言われ、テーブルを挟んで、おっさんの向かいに母と並んで座った。

おっさんは母の前に花束を置いた。そして言ったのだ。

――佳子《よしこ》さん、あんたは三年間ずっとご主人を待ち続けた。立派なことだ。だが、それももう今日で終わりにしないか。でないと、あんたも新しい人生に踏み出せんだろう。まだ若いんだ。ご主人は死んだと、ちゃんと自分の中で区切りをつけて、もっと楽に生きる方法を考えてみないか。洋平だってその方が幸せになれるはずだ。

いつも通りの大きな声だったが、ひと言、ひと言、嚙みしめるような言い方だった。おっさんが父親になるのはご免だが、言うことは一理あるのではないか、母はいつものようにあきらめたような顔をして頷くのではないか、と思っていたのだが……。

ガシャンとコーヒーカップがひっくり返り、白いユリに褐色のコーヒーが飛び散った。母が両手で思いきりテーブルを叩いたのだ。

――やめて！　何の権利があって、そんなことを言うんですか。夫は生きています。必ずここへ帰ってきます。だから、私はこの島で、この家でずっと待ってるんです。三年経とうが五年経とうが、関係ありません。もう二度とこないでください。これまでお世話になりましたが、こんなこと言われるのなら、何も受け取るべきじゃなかった。あなたとは金輪際《こんりんざい》お会いしたくありません。

母は声を張り上げ、おっさんに言い切った。

おっさんは座布団を外して、正座をし直すと、畳に額がつくほど深く頭を下げた。

——申し訳ない。堪忍してくれ。

母は何も答えなかった。おっさんは立ち上がり、もう一度深く頭を下げると、私に「元気でな」と声をかけ、出て行った。母は当然のことながら、私もおっさんを見送ることはしなかった。母に気圧《けお》され立ち上がることができなかったからだ。

おっさんはそれ以来、我が家を訪れることはなく、私は再び、母と一緒に夜の町を歩き始めた。

「おっさんもお母さんもかわいそう」

妻がため息をつく。

「仕方ないよ。一番の禁句を言ってしまったんだから」

ご主人は死んだ……、もっと他に言い様はなかったのだろうか。

「不器用な人だったんだろうね、きっと。おっさんとは、元気でな、が最後？」

「いや……」

おっさんとはその後すぐに会っている。

母はおっさんが出て行ったあとも、しばらくテーブルの一点を見つめたまま動かなかった。なぐさめる言葉も見つからず、私は取りあえずコーヒーを片付けるため台所に立ち、台布巾と盆を持って戻った。

すると、母は私の方を見ずに言った。

——洋平、悪いけど、少しのあいだでいいから母さんを一人にしてくれる？

もしやおかしなことをしないかと不安がよぎったが、とりあえず「うん」と答え、外に出た。そのまま玄関脇に身を潜めていると、母の泣き声が響いてきた。ずっと母は涙をこらえてきたのだ。母だって九十九パーセントは父はもう生きていないと感じているのかもしれないが、残り一パーセントにかけて、今日までがんばってきたのだ。

泣き声を聞いていたことを母に知られてはならない。私は物入れから釣り道具を取り出して海岸通りに下り、堤防に向かった。日は暮れだしていたが、かつてのようにカップルが並んでいることはなかった。

おっさんが立っていただけだ。

遠く、橋の下辺りの海面を眺めているように見えたが、私が近付くと、こちらに気付いたのか、ゆっくりと振り返り、寂しそうな苦笑いを浮かべた。

——今から釣りか？　今日はやめとけ。赤潮だ。

おっさんに言われ、堤防から身を乗り出して覗くと、おっさんの言う通り、海面が赤茶色く濁っていた。

——なあ、洋平。

おっさんが私の隣に並んで立った。声も体もでかく、圧倒されっぱなしだったおっさんの背をほんの少し追い越していることに気が付いた。

——嫌われついでに教えてくれ。おまえの親父が失踪したんじゃなく、死んだとわかっていたら、おまえとお母さんは今頃どうしてた。

それを一度も想像しなかったわけではない。

——本当にそうなってたかはわかんねえけど、H市内のじいちゃんばあちゃんとこ戻って、今よりは楽な生活してたんじゃないかな。じいちゃんって、確か、会社のえらい人だったはずだから。

——そうか。じゃあ、手がボロボロになるまで働くこともなく、いい再婚相手にも出会ってたかもしれないな。

——それはどうだろう。母さんは親の反対を押し切って、学生の頃に知り合った父さんを追いかけてこの島に来たみたいだし、再婚はしなかったんじゃないかな。

——どうして、反対されてたんだ？

──よくわからないけど、じいちゃんと思想が合わないとかそういうことを、昔、言ってたのを聞いたことがある。

──インテリだったんだな。だけど、どっちにしても、死んだとわかっていたら、今よりは幸せだったんだろうな。

──父さんは死んでない。

喉につかえていた小骨が取れるように、するりと言葉がでた。それまで、母のためにそう考えることにしているのだと思っていたが、私自身、父が生きていると信じたかったのだということにようやく気が付いた。

だから、母がおっさんを受け入れていることが腹立たしかったのだ。

──そうだな。本当に、すまなかった。

おっさんが膝に手を乗せて深々と頭を下げた。言葉が見つからなかった。おっさんに対する嫌悪感は薄れていたが、この先もまた今まで通り会いたいとは思わなかった。ただ、何か大切なことを言い忘れているような気もした。……そのときだ。

──わあ、海に星が浮かんでいるみたい。

空き地に車を停め、こちらに向かっているカップルの女が橋の方を見ながら甲高い声をあげた。

──海の星をきみにプレゼントするよ、なーんてね。

カップルの男が調子よく返す。

——何が海の星だ。あんなの光が反射してるだけの、偽物じゃねえか。

おっさんが毒づいた。

——じゃあ、おっさんは本物見たことあるの？

——なんだ、おまえ、見たことねえのか。

幸せそうなカップルに僻《ひが》んでいるのかと、やや皮肉めいた口調で訊ねたが、おっさんはいつもの豪快さを取り戻したかのようにニヤリと笑い、私の足元に置いてあったバケツを取りあげた。海水をくみ上げられるように、取っ手にロープを結んである。

おっさんは堤防の上に飛び上がり、それを海に投げ入れて、引き上げた。

——見とけよ、洋平。一瞬だからな。

おっさんはそう言うと、真っ暗な海面に向かってバケツの海水をぶちまけた。

青く、青く、青く光る。

それまで見たこともない、透明な青い輝きが海面にキラキラと浮かび、一瞬で消えた。

海の星。

なぜ、こんな現象が起きるのか……。

——じゃあな。

訊ねる間もなく、おっさんは堤防から飛び降り、呆然と海を眺めたままの私の足元にバケツを置いて背を向けた。おっさんの後ろ姿は、空き地ではなく真っ暗な桟橋へと消えていき、おっさんが自分の船に乗ってきていたことも、別れの日に初めて知った。

「やっぱりいい人じゃない。言っちゃいけないことを口にしたのかもしれないけど、最後までとっても親切にしてくれて」

妻はそう言うと、立ち上がり、冷蔵庫から新しいビールを出してくれた。

「改めて思い返してみると、そうなんだよな。こっちがガキだったってことなのか」

妻のグラスにもビールを注ぐ。

「まあ、そんなもんよね。昔は親の言うことがいちいち気に入らなくて反抗してたけど、今思い返すと、すごくまっとうなことを言ってくれてたんだって気付くときあるもん」

「そうだな。今日、こうやっておっさんのことを話せてよかったよ」

「でも、おっさんの娘さんが話したいことって何だろう」

「うん。それも気になるから会おうと思うんだけど、いいかな?」

「当たり前じゃない」

美咲はハガキにしてやはり正解だったのかもしれない。妻に話すことにより、おっさんの記憶からとげを抜き去ることもできたし、女性と会うのに、こそこそと別の言い訳を考えて出て行く必要もなくなった。

ただ、一つ妻に言わなかったことがある。私が高校生になってからのことだ。隠すようなことではないが、語るようなことでもなかった。

おっさんとは海の星を見せてもらって以来会っていないことには変わりないのだから。

*

美咲とは、彼女が出席する学習教材学会の会場となる大学から近い、ホテルのティーラウンジで待ち合わせをした。息子の運動会などで、土日に休みを取るのは、遅くともひと月前までに職場に申請しなければならないが、平日の休みなら簡単に調整がつく。

午後三時半の待ち合わせまでには、まだあと十分ほどある。

高校は、母の要望で、島内二校のうち進学率の高い、島の南側にある方に入学した。父を捜すポスターも町内には色あせたまま電柱にこびりついたのが数枚残っていたが、町を二つ自転車で通り過ぎていく通学路では一枚も見ることはなかった。

同じ中学だった友人にバスケ部に入らないかと誘われ、休日にも練習があることに惹かれて入部した。疲れてへとへとになって帰宅していたが、母と歩くことは毎晩続けた。

真野美咲と同じクラスになったのは二年生になってからだ。

真野という姓は漁師町に多く、クラスに二、三人、学年で十人以上いたので、名前だけで、おっさんの身内だろうか、と疑うことはなかった。おっさんは娘の話をするときに名前を出さなかったし、そもそも、おっさんに娘がいたことなども、すっかりと忘れていた。

美咲とは、体育祭で一緒にクラスのパネルを作る係になったことがきっかけで、休み時間や放課後に作業をしながら話すようになった。パネルは六人で製作していたが、美咲が段取りよく、皆に指示してくれたため、スムーズに作業を進めていくことができた。

彼女はそれぞれが得意そうなことを見抜き、誰々は文字を書いて、誰々は絵を描いて、と初めに役割をふってしまうのだ。もっと楽なパートがよかったな、と心の中で思っていても、いいよねこれで、と言われると、了解、と答えざるをえなかった。陰で不満をもらす奴もいなかった。

それは彼女自身も大変なパートを受け持っていたからだ。おかげで、他のグループが不満をもらしながらジャンケンをしている横で、私たちは早々に作業に取りかかることができた。リーダーの素質を持っていたのだろう。

それでも作業は日が暮れてからも続くことがあり、途中まで同じ方向に自転車で帰る私は徒歩通学の彼女を家の近くまで後ろに乗せて送っていくようになり、そのまま家の近くの海岸で話し込んだりするようになった。

ライバルはどこのクラスかといった他愛もない会話だったが、体育祭が終わっても、一緒に帰ったり、こうして二人で話したりしたいと思い、体育祭の日にそれを伝えようと、頭の中で様々なシミュレーションをしていた。

ところが現実は、思い描いていたのとまったく別のものになった。

体育祭の前日、パネルを運動場にセットして、私たちは二人で帰った。自転車を降りた彼女に、渡したいものがあると言われ、いつもの海岸に行くと、彼女は小さな紙袋を私に差し出した。英字新聞の模様の紙袋からは甘いバニラの香りがした。

もしかすると、自分と彼女の気持ちは同じなのではないか、と感じ、それならば、明日予定していた言葉を今日に繰り上げるべきか、と紙袋を手に、しばし私はかたまりついていた。すると、

――送ってくれたお礼。

いつもはてきぱきとした口調で話す彼女が、下を向きながら口ごもるように言った。私もやっとの思いで口を開いた。

――あ、開けていい？

彼女が頷いたので、私はその場で金色の星形のシールで封をされた紙袋を開けた。星形のクッキーだった。

――食べても、いい？

肝心な言葉を遠回しにするように、私はクッキーを一つ、口に入れた。味にも歯ごた

えにも憶えがあった。手作りのクッキーなどどれも似たようなものだと思いながら立て続けに三つ食べると、やはり同じものだという確信が強くなった。生地の中に塩味の強いピーナッツが混ぜ込まれているのがその証拠だった。

彼女の名字とおっさんの名字が頭の中で結びついたショックで、しばらく言葉を失った私を見て、彼女はクッキーが不味《まず》かったのだと勘違いしたのだろう。頭をかかえて私から目を逸らしたまま、クッキーがいまいちのできであることの言い訳をし始めた。

——久しぶりに作ったから、おいしく作るコツとか忘れて、粉っぽいボソボソしたのになっちゃったのかな。できたてしか味見しなかったからな……、冷めてもう一度食べてみたらよかった。中学の頃は週に一度は作ってたんだ。お父さんがボランティアで通っていた家の人たちからも好評だったから、そっちの道に進もうと思ってたくらいなのに。

必死の言い訳に誤解を解くため、「おいしいよ」と彼女の途切れない言葉を遮《さえぎ》るはずだったのに、タイミングを外した結果、耳にざらりとした単語が残った。

——ボランティアって？

え？　といった様子で彼女は顔を上げた。

——お父さんの昔の知り合いらしいんだけど、ダンナさんが死んで母子家庭になった人たちに、月に二回、お魚とか私が作ったお菓子とかを届けてあげてたの。

——お父さんがそう言ってたの？

——そうよ。魚よりおまえの作るお菓子の方が喜ばれるからジャンジャン作れって。

少し、言葉を捜した。

——そこの息子が同じ年だとは言ってなかった？

——ううん。母一人、子一人、としか聞いてなかったから、てっきり、わたしより年下の女の子だとばかり思ってたけど……もしかして。

——おっさんが魚やクッキーを持ってきていたのは、俺んちだ。だけど、おっさんは母さんの知り合いでも何でもない。ボランティアなんて、笑わせる。母さん目当てにせっせと通った挙げ句、こっぴどく振られたくせに。

——嘘よ。うちのお母さんはわたしが小四のときに病気で死んじゃったけど、二年やそこらで他の人を好きになるはずなんかない。お父さんは漁に出ていて、お母さんの死に目に会えなかったことを悔やんでた。だから、誰かのために何かをしてあげて、罪滅ぼしをしたかったんだと思う。そんなときに、偶然浜崎くんの家のことを知って、いてもたってもいられなくなったんだよ、きっと。

——仮にそうだとしても、おっさんの偽善行為につき合わされて、こっちはいい迷惑だったよ。そっちにも、野菜やらハンカチやら渡してただろ。なのに、ボランティアなんてどんだけめでたい発想だ。それに、俺の父さんは死んでない。

私はそう言うと、クッキーの紙袋を彼女の手に押しつけ、自転車にまたがり、一目散に走り去った。

ボランティア、ボランティア、ボランティア――十代の私にとって、これほど屈辱的な言葉はなかった。

それ以来、彼女とは事務的な用件以外で口を利くことはなかった。パネルの得点も、全学年十五クラス中七位という盛り上がりも下がりもしない順位で、体育祭終了後には誰にも惜しまれることなく、即、撤去した。

幸い、三年生は別々のクラスで、卒業後、彼女は関西の大学に進学し、私は大手スーパーマーケットに就職し、東京郊外にある店舗に配属された。

母は進学を望んでいたが、私が高校三年生だった頃はちょうどバブル絶頂期で、高卒でも一流企業からの求人があり、教師からも、目的がなく大学にいくくらいなら今のうちに就職をしておけと勧められ、それに従ったのだ。母はそれでも渋っていたが、学校に求人がきている会社の名前を聞くと、どうにか納得してくれた。

そのおかげで、就職をしてから母が亡くなるまでの五年間、仕送りをすることができたし、海を見渡せる墓地に小さいながらも墓を建てることができた。

だが、私にはまだやり残していることが一つだけある。

……と、美咲がやってきた。

「ごめんね、会が少し長引いて」

毎日顔を合わせている職場の同僚に声をかけるような調子で軽く詫び、美咲は私の向かいに座った。

「コーヒー、冷めてるんじゃない？　新しいのを一緒に頼もうよ」

美咲はほぼ手つかずの私のカップを見ると、返事も待たずにウエイターを呼び、コーヒーを二つ注文した。

「浜崎くん、全然変わらないね。遠目でもすぐにわかった。それに比べてわたしなんて、ものすごくおばさんになったでしょ。でもね、地元にいる子たちもだいたい同じようなものよ」

美咲は二十代のときの服が入らなくなっただの、階段の上り下りで息が上がるようになっただのと、くだらない話を矢継ぎ早に続けた。しかし、美咲は私の目には二十年という年月を感じさせないくらい、あの頃の面影を残した姿で写っている。小学校の教師として子ども相手に毎日はりきっている姿も想像できた。

それなのに、落ちつきなくしゃべり続けているのは、私に伝える本来の用件がよほど言いにくいことであるからだろう。ウエイターがコーヒーを運んできたため、美咲はようやく口を閉じた。

私はウエイターが席を離れると同時に口を開いた。

「用件は何？　お父さんのことでってハガキに書いてたけど、おっさんに何かあったの？」

美咲は少し俯《うつむ》いたが、顔を上げるとコーヒーを一口飲み、まっすぐ私の目を見た。

「実は半年前にお父さんが肝臓ガンになって手術を受けることになって」

少し予想できていた内容だった。死に際に何かを託されたのではないか、と。私のように。

「墓場まで持っていくつもりだったけど、それが正しいことなのかどうか今でもわからないから、おまえに話しておくって言われて。聞いた直後は、今度はわたしが墓場まで持っていかなきゃいけないのかな、って思ってたんだけど、それよりはやっぱりきちんと当事者に伝えておいた方がいいんじゃないかと、悩み続けてたところに今回の出張があって。ちゃんと伝えろってことなのかなって思ったの。浜崎くんのお父さんのこと」

「俺の父さん？」

「そう。浜崎くんのお父さんのことについて」

てっきり、おっさんは死ぬまで母に思いを寄せていたとか、そういったことを告白されるかと思っていたのだが。お父さんとは、私の父のことだったのだ。

「何だろう。昔よりちゃんと話がきけるようになってるはずだから、遠慮なく言ってくれよ」

とは言ったものの、口が渇いて仕方がない。水を一息に飲む。

「浜崎くんのお父さんは亡くなっているの。行方不明になった二十五年前に」

美咲はよく通る声でゆっくりと私に言い聞かせるように言った。この年になると、さすがにそうではないかと思うようになっていたが、それでも時折、どこかで記憶を失くした父が静かに暮らしているのではないかと想像してしまうこともあった。新しい家族がいて、孫がいて、幸せだけれど、ふいと不安がよぎる瞬間がある。自分は何か大切なことを忘れているのではないか、と。

だから、やはり美咲の言葉は不快だった。

「何を根拠に？」

「浜崎くん知ってる？　瀬戸内海は静かで穏やかな海だけど、年に数回、漁師の網に死体がかかることがあるの」

「何度か新聞でそんな記事を見たことあるけど、それは父さんじゃなかったし、年に数回というよりは、数年に一回だったはずだ」

「それは、警察に届けられた件数よ。網に引っかかってもそのまま海に戻してしまう人が多いの」

「どうして、そんなこと」

「ひどい取り調べを受けるからよ。引き上げたくてそうしたわけじゃないし、善意で通報したのに、まるで発見した人が殺して海に捨てたかのような扱いを受けるのよ」

「まさか」

「わたしも信じられなかった。だけど、お父さんは遺体が網にかかったと通報しただけで、丸一日拘束されたのよ。そのせいで、お母さんの死に目にも会えなかったんだって。それに、新聞はどこの沖で誰が遺体を引き上げたかまで書くでしょう？　浜崎くん、遺体と同じ網にかかった魚を食べたいと思う？　通報したってこちらが痛い目に遭うだけなのよ」

「だからといって……」

「あなたのお父さんの遺体を引き上げたのに、そのまま海に戻してしまったうちのお父さんは、二十五年間も悔やみ続けなきゃならないほど、罪深いことをしたのかな」

おっさんが私の父の遺体を引き上げた。

「どうして、俺の父さんだってわかったんだ？」

「赤いキリンの模様の派手なシャツを着ていたって。もしかすると、ヤクザがらみの人間かもしれない、そうしたら、わたしに危険が及ぶかもしれない、って心配になったんだって。警察が死体を引き上げた人を疑うくらいなら、ヤクザだってそう思うかもしれない」

「俺の父さんは、ヤクザなんかじゃない」

「知ってる。遺体を引き上げた日からしばらく経って、町の掲示板に尋ね人のポスターが貼られているのを見たときは、息が止まりそうになったって。でも、実はこの人の遺体を引き上げたけど海に戻しました、なんて言って出られないじゃない。だから、亡くなっていることを伝えるために、無記名の手紙を書いたり、電話をかけたりしたけど、ポスターは剝がされるどころか、町中のいたるところに貼られていった」

「あれもおっさんだったのか。嫌がらせだと思ってた」

「そう思うよね……。名乗って事情を説明しなきゃ信じてもらえない。お父さんはポスターにあった住所を見て、直接訪ねることにしたの。お父さんなりの手みやげを持って。そうしたら、家からちょうどわたしと同じ年くらいの男の子が出てきて、こっそりついていったら釣りをし始めたって。話しかけたものの、子どもに打ち明けるわけにはいかなかったから、その日は魚をあげるだけにして、また改めて出直すことにした」

「でも、母さんに会っても打ち明けられず、罪滅ぼしの気分で魚やお菓子を届けていた、ってことかな」

「今日こそは言おう、今日こそは言おうって、桟橋横の空き地に車を停めて、浜崎くんの家まで上がっていくあいだ、毎回そう自分に言い聞かせてたって。でも、言えなくて、電柱のポスターに、すまない、って手を合わせながら帰っていたの。お父さんもわたしも何も言い訳はできない。本当にごめんなさい。ちゃんと伝えていれば、お葬式をあげることも、お墓をつくることもできたし、何より、待ち続けなくてよかったのに」

美咲が深く頭を下げた。あの日のおっさんの姿と重なる。

「いや、おっさんはちゃんと打ち明けようとしたよ。今日こそは言おうって本当に決意していたはずだ。いつもは普段着で勝手口からやってくるのに、あの日はきちんとした格好をして、玄関からやってきた。……おっさんから聞いてる？」

「ううん。ただ、最後に大失敗をやらかした、って言ってたのはその日のことなのかな」

「大失敗をやらかしたのは、こっちの方だ。俺も母さんもおっさんの話を最後まで聞かずに追い返してしまったんだから」

おっさんがあの日持ってきた白いユリの花束は、母へのプレゼントではなく、父に供えるためのものだったのか。おっさんは母と私を連れて、その花束を父の遺体があがった場所に流しに行こうと思っていたのではないか。だから、いつもは自動車で来ていたのに、あの日は船で来ていたのではないか。

考えの足りない私は勝手に、おっさんが母にプロポーズをしにきたように解釈していたが——母は、どうだったのだろう。

「もしかすると、母さんは父さんが海で死んだことを知っていたのかもしれない」

「どういうこと？」

最後の半年間、母は島から一番近い本土である、Ｏ市の病院に入院していた。島の家から離れることを嫌がっていたが、病室から海と白綱島が見えることがわかると、どうにか納得してくれた。それならば、もっと早くに病院に連れてきていれば、と悔やんだ。

就職してからも、三日以上休みがとれると島に帰省していた。

母は焼き肉などごちそうを用意してくれ、一緒に食べていたのだが、あるとき、私には食べろ食べろと勧めてくれるのに、自分はほとんど手をつけないことがあった。心配すると、年をとるとこんなものよ、と笑って誤魔化《ごまか》され、それ以上は追及しなかった。

いつものように、夜、歩きに出ていたからだ。

その二月後だっただろうか。私だけがとったような夕飯のあと、じっと台所の椅子に座っているので、「歩きに行かないのか」と訊ねると、「ここ数日、ちょっと調子が悪くて行っていないの」と言った。翌日、無理やり市内の病院に連れて行くと、即、Ｏ市の病院を紹介されたが、すでに手遅れだった。

母には、早めに気付いてよかった、などと誤魔化していたが、からだのことは自分が一番よくわかるのだろう。

ある日、見舞いに訪れると、母はからだを起こして窓の外を見つめていた。うっすらとガラスに映った私に気付くと、海を見つめたまま言ったのだ。

――私の骨は全部海に流してちょうだい。本当は亡骸《なきがら》ごと沈めてもらいたいけど、そういうわけにはいかないもんねえ。ひとりぼっちのお墓なんていらないから、そうして、ね、お願いよ。

その場では、わかったよ、と答えながらも、母の死後、私は浜辺の町に墓を建て、その中に納骨した。私に遠慮して、墓はいらない、と言ったのだと思っていたからだ。人生後半の半分以上を夫を待ち続けることに費やした母には、死後も夫を待ち続けた場所にいて欲しかった。そして、島に帰ってきた父が人生を終えた後、同じ場所に納骨してやりたいと思っていた。

しかし、母が父と同じ場所に眠りたいと願い、散骨を望んだのだとしたら……。

「でも、それは推測でしかないし、母さんに確認することもできない。父さんが死んだ理由を知ることもできない。おっさんだってそうだ。せめて母さんが散骨を望んでいたことを伝えられていたら、もっと楽になれていたかもしれないのに」

暗闇に消えていくおっさんの後ろ姿を思い出した。漁師だったおっさんもまた、海に帰っていったのだろうか。海の星になったのだろうか……。

「帰って、言っとく」

「え？」

「もし、まぎらわしい言い方していたら申し訳ないんだけど、お父さん、生きてるから。

手術、成功したの。先月から漁にも出てる。引退する気はないみたい」

なんだ、と気が抜け、そして、嬉しさが込み上げてきた。

「そうか、そうなんだ……。じゃあ、これも伝えてもらえないかな。一番言わなきゃいけない言葉だったはずなんだ。ありがとうって」

「魚のことなら、そんなお礼いいよ」

「じゃあ、こう伝えてくれ。海の星を見せてくれて、ありがとう」

美咲は少し考え、「ああ、あれか」とつぶやいた。

「了解」

そう言って微笑《ほほえ》むと、バッグからハンカチを取りだして目頭に押し当てる。その隙に私も、握りしめた手の甲で瞼《まぶた》をぐっと強くこすった。


美咲と別れたあと、私は少し遠回りをして帰ることにした。

次の休みには、母との約束を果たすため、白綱島へ帰ろう。できることなら、母を父と同じ場所に眠らせてやりたいが、おっさんは船を出してくれるだろうか。

妻と息子も連れて行こう。妻は結婚前に一度、墓参りをするために島に連れて行ったことがあるが、息子は初めてだ。橋の見えるあの堤防で一緒に釣りをしよう。そして……。

海の星を見せてやりたい。

おっさんはあの現象の種明かしをしてくれるだろうか。

この約束が、いつもの果たせない口約束ではないと証明するために、釣り竿を買って帰ろう。

夢の国

東京ドリームランドがオープンしたのは、今からちょうど三十年前だ。

子どもも大人も憧れる夢の国を、連日テレビで取り上げでもしていたのか、数日後に生まれた私は夢都子《むつこ》と名付けられた。名付けたのは両親ではなく、同居している父方の祖母だ。母は夢花《ゆめか》という名前にしたかったらしいが、祖母が、「こんな田舎の島の赤ん坊に宝塚女優のような名前を付けては、近所の人たちから笑い殺される」と反対し、夢という漢字を用いたいのなら夢都子でいいだろうと、この名に決めたのだ。

田山《たやま》夢都子――その名の通り私の人生は、都会を夢みる田舎もの、というイメージ通りのものとなる。

近所の人たちから「屋敷の奥さま」と呼ばれる祖母に、父と母は逆らうことはできない。それならいっそ、夢という漢字を用いたい、などと提案もしなければよかったのだ。そうすれば、私よりも二、三歳下のいとこたちに付けられたような、康子や敬子といった、地味ながらも、おかしなイメージを持たれない名前になっていたはずなのに。

　そして、祖母ももう少し長生きできたかもしれないのに――。


　午前八時半。九月の空はもうすでに天に抜けるように高い。しかし、東京ドリームランドの入場ゲート前は、前も後も右も左も人だらけだ。

　旅行会社であらかじめ入場券を用意してもらっていたので、都内のホテルから開園三十分前に到着するリムジンバスに乗ってやってくると、ゲート前にはすでに何筋にもわたって長蛇の列ができていた。入場券を持っていない人たちなのかと確認してみると、みな、首からかけたドリームキャラクターのホルダーの中に、私たちが持っているのと同じ券を入れている。

　ホルダーを持っているということは、初めてここを訪れるのではないのだろう。夢の国を訪れた人たちの九割はまた来たいと思うそうだ、とテレビの特集でも言っていた。もしかすると、初めての人の方が少ないのかもしれない。

「並ばなきゃいけないみたい」

　足を止めずに振り返ると、夫は奈波《ななみ》の手を引き、かなり後方を歩いていた。七歳児を連れてきているのに、すっかり自分のペースで歩いていたことに気付く。列はどんどん長くなっているが、はやる気持ちを抑えて足を止めた。

「ま、これも含めて東京ドリームランドだろ」

のんびりと答えながら追いついてきた夫と奈波の三人で、真ん中辺りの列の最後尾についた。

「ほら、奈波、いっぱい人がいるだろう。日本中から集まってるんだぞ」

夫はそう言って奈波を肩車した。小学生になってから初めての肩車だ。

「大きいバスがいっぱい」

奈波はゲート横の駐車場に、カラフルな大型バスが何十台も連なって並んでいるのを見つけ、肩車をされたまま手を叩いて喜んだ。

「北からも、南からも、みんな今日の日を楽しみにやって来たんだろうなあ」

夫はバスを眺めながら奈波に語りかけるように言った。きっと、私に向かっても言っているのだろう。

　私は東京から遠く離れた小さな島で生まれ育ったが、夢の国の存在は田舎の子どもたちでもみな知っていた。年に数回はテレビで特集が組まれていたし、年末の商店街の福引の特賞は東京ドリームランド・ペア旅行券で、一年中、町の至るところにポスターが貼られていたからだ。

　新婚旅行で行く人たちも多く、初めて夢の国のグッズを手にしたのは、幼稚園の年長のとき、ピアノ教室の先生から新婚旅行の土産としてもらったドリームマウスのキーホルダーだった。それを通園カバンにつけて行くと、みなからうらやましがられ、まるで自分が夢の国に行ってきたような気分になれた。

わたしもしょうらい、しんこんりょこうでいってみたいな。

そんなふうに思うくらい、夢の国はまるで外国にあるかのように遠い存在だった。しかし、小学生になると、夏休みに夢の国に行ってきた、という子たちがちらほらと現れるようになった。

○○ちゃんってドリームランドに行ってきたんだって。学年中で噂になるくらい田舎の子どもたちにとっては大それたことだった、はずなのに……三年生くらいになると、夢の国経験者もクラスの中に四、五人はいるようになった。

もしや、夢の国とは、夢のように遠いところにあるわけじゃないのかもしれない。

そんなふうに思い、ある夜、両親に切り出してみた。

——夏休みに、東京ドリームランドに連れてってよ。

何バカなことを言ってるの、と母から一蹴される覚悟はできていたが、

——東京ドリームランドか……。近所の人たちからも、行ってきたって話は最近よく聞くし、うちも一度くらいは行ってみたいわねぇ。

——でも、東京なんだよ。

肯定的な返事があまりにもあっさりと返ってきたせいで、逆に私の方が否定するようなことを言ってしまった。

——東京なんか、ひと晩ありゃ、車で行ける。

そう答えたのは、黙ってテレビを見ていた父だ。夢の国などまったく興味のなさそうな父までその気になっているとは。私の胸は躍った。

——どこか、泊まったりするの？

——夜にうちを出て、ドリームランドで遊んで、また夜出れば、一日で行って帰れる。運転は父さんがするから、夢都子とお母さんは毛布を持っていって、車の中で寝てりゃいい。

それほどたやすく行けるところだったのか、と驚き、普段あまりかまってくれない父の頼もしさに感激した。夢の国のゲート前にすでに立っているような気分だった。

——じゃあ、私、オーロラ姫に乗りたい。

——何だ、オーロラ姫って？

機嫌良く訊ねる父に、母が「あなた、『眠れる森の美女』も知らないの？」と物語の説明をし、私はオーロラ姫のアトラクションがどのようなものであるのかを二人に説明した。

——四人乗りのバラの花の形をしたトロッコに乗って、物語の世界を冒険していくんだって。魔女の顔がものすごく怖いらしいよ。

夢の国に行ってきたクラスの子からの受け売りだった。

――よし、じゃあ、まずはそれに乗ろう。

――あとね、パレードもすごくきれいで楽しいんだって。

――お、電気が光るヤツだな。それなら父さんも、テレビで見たことがあるぞ。

――お母さんも知ってるわ。ラララ、ラララ、っていうマーチがあるのよね。

こんなにドキドキした日はないくらい、屋敷の離れですごす幸せなひとときだった。

夜、車に乗り、橋を渡って島を出て、目が覚めると夢の国に着いている。まずはオーロラ姫に乗って、それから、それから、他にどんなアトラクションがあると言ってただろう。学校で教えてもらわなきゃ。いや、何も知らないまま行く方が楽しいか。お土産は誰と誰に買おう。

自室の布団に入っても興奮は収まらず、ひと晩じゅう私はドリームランドのことを考えた。それとも、知らないうちに眠りながら、夢を見ていたのか。

翌朝、目ざめは爽快で、意気揚々と母が朝食の支度をしている母屋の台所に向かった。

――おはよう、お母さん。ねえ、ドリームランドに着て行く服なんだけどね……。

言いかけた言葉を、母は「しっ」と私の口元に人差し指を当てて止めた。

――何バカなことを言ってるの。ドリームランドになんか本当に行くはずないでしょ。

——だって、昨日……。

——行きたいわね、って言ってみただけよ。なのに、お父さんったら、飲みすぎると、大袈裟《おおげさ》なことを言いだすんだから。いつものことでしょ。

——そんな……。

涙の入った袋は胸にあるのだと、今でも思っている。胸が押しつぶされるような感覚とともに、目にじわりと涙がたまり、ぽろぽろと流れ落ちた。

——ちょっと考えれば無理だって解ることでしょ。うちには畑があるし、それに。

母は台所の茶の間に続くドアをちらりと横目で見ると、くるりと私に背を向け、水道の蛇口を力いっぱいひねった。ステンレスの流しに勢いよく水がぶつかる音が響いた。その中に母の声がわずかに混ざったが、何を言ったのか聞き取ることはできなかった。

しかし、予想はできた。

——おばあちゃんが許してくれないわ。

そこで、その存在を忘れて舞い上がっていた自分の愚かさに気が付いた。

土地と畑を持っていて、大袈裟な門構えの家に住んでいる「屋敷の奥さま」である祖母の、父は実権を持たない跡取り息子、母と私は使用人にすぎないのだから。奥さまのお気に召さないことは絶対に許されない。

何が東京ドリームランドだ。生まれてこのかた、島からも片手で数えるくらいしか出たことがないというのに。東京なんて、ドリームランドなんて、夢のまた夢ではないか。

その時以来、「東京ドリームランド」とは私の中で叶わない夢を指す言葉となる。


「ママ、前の人、進んでるよ」

奈波の声にハッとして前を見ると、立ち止まっていた人たちが少しずつ歩きだしていた。腕時計を見る。午前九時、開園時刻だ。

これだけ並んでいるのなら、入園するまでにさらに半時間ほどかかるのではないかと危惧したが、思ったよりも早くエントランスが近づいてきた。簡単な荷物検査をすれば、あとはいくつもある自動改札機に入場券を差しこむだけだ。

奈波と夫に入場券を渡し、私、奈波、夫の順に改札を抜けた。

オレンジ色の石畳、色とりどりの花たちが咲き誇る手入れの行き届いた花壇、高らかに水を噴き上げる噴水。美しい庭園でまずは記念撮影をする。まっすぐ進んでいくと、アメリカなのかヨーロッパなのか、とにかく日本ではないおしゃれな外国風の建物が両サイドにズラリと並んでいる。ショッピングモールだ。一軒ずつのぞいていきたい衝動に駆られるが、買い物は一番最後にと決めている。

さらにまっすぐ進むと……お城が見えた。

「わあ、白雪ひめのお城だ！」

奈波がはしゃいだ声をあげた。足を止めて一緒に眺める。が、通りの真ん中に立ち止まっている私たちを邪魔だといわんばかりに、後からたくさんの人たちが走って追い越していった。

「とりあえず、何かに並ぼうか。スペースエリアに行って、スペーストラベラーのファストチケットをとってから、スペースコースターに並びましょう。もたもたしていると、待ち時間が長くなるみたいよ」

ガイドブックの「人気アトラクション裏ワザ攻略法」というコーナーに書いてあった。走る人たちのあとを追い、これだけの人が同じところに向かっているのに、裏ワザと言えるのだろうか、などと思いながら目的のアトラクションに向かうと、すでに五十分待ちと表示されていた。

「どうしよう、一時間近く並ぶなんて、奈波大丈夫かな?」夫に訊ねる。

「おっ、ラッキー。五十分じゃん。このあいだは三時間待ちだったのに」

大学生くらいの男の子が連れの女の子に言いながら、私たちを追い越していった。

「なんか、マシな方みたいだから並ぼう。奈波、待てるよな?」

夫が奈波に訊ねる。

「ゲームしてもいい?」

「ああ、いいよ」

「じゃあ、待てる」

またもや長い列に加わると、奈波はリュックサックの中からゲーム機を取り出した。

「パパ、一緒にやって」

奈波に言われ、夫が小さな画面を覗きこむ。私はまったくのゲームオンチで、奈波の好きな冒険ゲームの一面もクリアできずに、あきらめた。

「武器は何にしようかなあ。紫の剣は長いけどすぐに折れちゃうし……」

奈波は早くもゲームに没頭している。夢の国に持ち込みのゲームは似合わないが、そんなことを言っている状況ではない。あっというまに私たちの後にも長い列ができた。

東京ドリームランドの一日平均来場者数は、ピーク時で約六万人だという。三十周年記念イベントの始まった最初の連休である今日は、このピーク時に相当するのだろう。

六万人——白綱島《しらつなじま》の人口の約三倍。

想像がつかない。島の人たちほぼ全員が集まることなどあるだろうか。小さな島ではイベントなどほとんどないし、祭などは町単位で行われる小さなものばかりだったが……。夏の花火大会は、島じゅうから集まった人たちでごったがえしていた。

私にとっては夏休み唯一のイベントだったかもしれない。

花火大会の会場は島の南側の桟橋沖で、うちの実家を含め、北側に住む人たちは車で行かなければならない。会場近くの小中学校のだだっぴろい校庭が臨時駐車場となっていたが、打ち上げ開始の一時間前には満車の看板が立てられていたし、海岸沿いの道路の片側はまるでそこも駐車場であるかのように、何十台もの車がきれいに縦列駐車されていた。

祖母の食事の支度を整えて、いつも時間ぎりぎりにならないと出発できない我が家の車は、この縦列駐車の後寄りに停めるのが常だった。車を降りて会場までは歩いて向かうのだが、両脇に露店の並ぶ道を前に進んでいくのは至難の業《わざ》だ。我が家では早々に露地にそれ、民家の裏の堤防に座り、暮れて行く空を眺めながら花火があがるのを待っていた。

たまに、花火が始まる前に露店でかき氷などを買ってもらうこともあったが、ブルーハワイのシロップと練乳を置いていない、あまり人気のなさそうな店でも、十分かそこら並ばなければならなかったはずだ。

島の花火大会のかき氷で十分かかることを思えば、ドリームランドで一番人気の最新のアトラクションに、一時間やそれ以上並ぶのにも納得ができる。

夢の国の規模を測るのに、あんな島での、しかも、子どもの頃の思い出を引きあいに出すとは。しかし、私は白綱島しか知らないのだから、仕方がない。

窮屈な島での、窮屈な生活しか……。

屋敷といわれる家での、父と母、そして、祖母との生活。

政略結婚で無理やり祖父と結婚させられた、という祖母は祖父の死後も、いつも青筋を立てて怒りながら、自分の境遇を嘆いていた。まるでそれが日々のエネルギーであるかのように、母や私が楽しそうにしていると嘆き節が始まった。

――あんたたちは幸せでいいだろうよ。それに引き換え私は……。

そう言って、十七歳のある日いきなり、地主である田山の家に嫁がされたこと、祖父が自分をまったく大切にしてくれなかったこと、姑から酷い扱いを受けていたこと、などを繰り返した。懐《ふところ》に石を詰めて海に飛び込もうと何度も思った、というのも常套句で、いっそ一度くらいやってみればよかったのに、と心の中で毒づいたことは何度もある。

新しい服を買えば怒られ、新しいカーテンを付け替えれば怒られ、誕生日にケーキを買えば怒られた。祖母のものを買ってきても怒られるのだからたちが悪い。

――私はこんな贅沢を一度もさせてもらえなかった。金持ちだと自慢するくせに、私には一円も自由に使えるお金を与えてくれなかった。

そして、長々と続く愚痴はこんなふうに締めくくられる。

――私はちゃんと跡取りを産んだっていうのに、あんな扱いを受けたんだ。なのに、あんたは跡取りを産めないくせにヌクヌクと贅沢をして、厚かましいったらありゃしない。いったい何様のつもりなんだろうね。

私は一人っ子だ。母は両親を早くに亡くしていたために帰る実家もなかった。父は結婚当初は母をかばっていたようだが、そうすると祖母の怒りはさらに爆発し、父のいないところで母が責められるため、父は何も言わなくなったし、何も言わない父を母が責めることもなくなった。

祖母の機嫌を損ねないように気を配る。それさえ守っていれば、とりあえずは平和な毎日を過ごすことができた。

東京ドリームランドに行くなど、とんでもないことだったのだ。

しかし、夢の国に手が届きそうになったことは、その後、二度あった。

一度目は私が中学一年生のとき。年末の福引で母が特賞を当てたのだ。

福引券は二枚あり、母と私で一回ずつガラガラを回すことになった。最初に私が回すと五等の赤い玉が出た。毎年のことで、くじ運がよかったためしがない。箱ティッシュを一つもらい、母がガラガラを回すのを眺めた。

すると、小さな木のトレイに紫色の玉が転がり落ちてきて、商店会長のおじさんがガランガランと鐘を鳴らした。

——大当たり、東京ドリームランド・ペア旅行券！

一瞬、何を言ってるのだと時間が止まり、その後じわじわとからだが震えだした。くじで当たったのなら、祖母も贅沢だと怒らないのではないか。ペアということは二人だが、父と母とで行くということはないだろう。私と母、私と父。一人分、追加はできないのだろうか。新幹線に乗るのも、ホテルに泊まるのも初めてだ……。

そんなことを考えていた。しかし、幸せなひとときは三分と続かなかった。

——うちはいいです。

母はそう言って、商店会長から受け取った目録の封筒をつき返したのだ。

——でも、奥さん。大当たりですよ？　いいんですか？

——畑もありますし、おばあちゃんもいますから。

そう言われると商店会長はあっさりと納得したように頷き、母にもう一度ガラガラを回すように言った。我が家の事情を少なからず知っていたのだろう。

今度は赤い玉が出て、母はにっこりと微笑みながら箱ティッシュを受け取った。

家に着くまで私は無言で母の後を歩いた。涙がこぼれないようにするのに必死だった。

そして、門を一歩入った途端涙があふれ、ひきつる喉から声を振り絞って言った。

——どうして？

——わかってることじゃない。あんなものが当たっても困るのよ。

——だって、くじ引きで当たったんだよ。ぜんぜん贅沢なんかじゃないじゃん。

——お金の問題じゃないの。おばあちゃんは私たちが楽しいことをするのが許せないのよ。もし、無理やり東京ドリームランドになんか行ってみなさい、たった一日、二日出かけただけなのに、そのあとずっと、下手したら何年も、嫌味を言われ続けるのよ。そこまでして行きたい？

——行きたい。

間髪入れずに返した。どうせ、東京ドリームランドをあきらめても、別のことで怒られるはずだ。行っても行かなくても怒られるのなら、行った方がいい。むしろ、夢の国に行けたなら、その後何を言われても我慢できるのではないかと思った。

——わからない子ね。そりゃ、あんたはいいわよ。昼間は学校に行ってるし、夜だってごはんを食べたら自分の部屋に籠ってりゃいいんだから。全部かぶるのはお母さん。それにね、くじを当てたのは私なの。私が当てたものをどうしようと勝手でしょ。わかったら、ドリームランドの話はもういっさいしないで。

この家は何なのだろう、と思った。島にはコンビニもできた。本土に出ようと思えば、車で半時間もあれば充分だ。それほど、田舎というわけでもない。なのに、屋敷の時代遅れの重厚な門をくぐれば、明治時代の家制度が今なお続いており、女、子どもには何の発言権も、自由もないのだ。

この家にいる限り、東京ドリームランドに行けることなど永遠にない。

それどころか、島から出ることすら許されない。

島の北側に住むそこそこ勉強のできる子たちは、北の端の桟橋から通学用の船が出ているため、島外の高校に進学することが多く、私もそれを願ったが、祖母の「女のくせにわざわざ島外に出てまで勉強する必要はない」というひと言で、すべてが決まった。

それでも、東京ドリームランドへのチャンスはもう一度あった。

私の進学した白綱島南高校の修学旅行の行き先が、夢の国だったからだ。


宇宙空間をかけめぐるスペースコースターの順番は五十分を待たずにやってきた。そのうえ、コースター乗り場まで続くスペースロードは、本物の宇宙基地もこうではないかと思わせるくらい作りが細かく、窓から見えるきらめく惑星の一つ一つに感嘆の声をあげているうちに、時間を忘れてしまうほどだった。

「大丈夫かな、大丈夫かな」

初めてのジェットコースターに、楽しみな気持ちが半分、ドキドキする気持ちが半分といった様子で奈波が私を見上げた。

「ママだって、ドキドキだよ。パパだって、ねえ」

「多分、俺が一番大きな声を出すな」

夫が言った。おどけてはいるが、少し緊張しているようにも見える。奈波だけではない。私も夫も、東京ドリームランドどころか、遊園地も初めてなのだから、気持ちは子どもの奈波と同じなのだ。親としてはいかがなものかと思うが、私の中には、修学旅行を取り戻したいという気分も少なからずあるのだろう。

高校一年生のとき、英語研究部の二年生の先輩から修学旅行のお土産だと、ドリームマウスの栞《しおり》をもらった。薄い金色のプレートで、私はそれをまるで来年自分が訪れる際の入場券のような気分で、学生カバンのポケットに大切に入れていた。

一日中班ごとの自由行動で、アトラクションは乗り放題で、平日だったからそれほど込み合ってなくて、できたばかりのウエスタンアドベンチャーっていう急流すべりに三回も乗ったし、パレードも一番前で見れたのよ。

そんな話を聞きながら、私の中ではあと一年のカウントダウンが始まった。

島外の優秀な高校に行きたかった、とがっかりしながら入った高校だったが、自分が学年で一番よくできるというわけではなかった。南側や中町の優秀な子たちは通学が不便だということからほとんどが島内の高校に進学していたし、北側からも、親の同意が得られなかった子は私だけでなく、私よりも優秀な子も白綱島南高校に進学していた。

島外の高校に進学するのを反対された他の子たちの理由は、我が家のような封建的思想ではなく、経済的なものだった。夢の国に行ったことがない子がほとんどだったため、修学旅行が東京ドリームランドだからいいか、というのが南高へ通う気分を高揚させるための、一つの合言葉のようになっていた。

それが、だ。一年生三学期の終業式のホームルームで、担任は修学旅行の行き先が来年度から変わるということをさらりと告げた。信州にスキーに行くというのだ。もちろん、スキーの経験もなかったが、運動も寒さも苦手な私としては、行きたいとも、やりたいとも思ったことはなかった。

えーっ、と思わず声をあげてしまったが、私の声は隣の席の男子の声にかき消された。

——えーっ、マジかよ、なんでだよ。

普段まったく目立たない子なのに、「理由を説明してくれよ」と担任にくいついていた。夢の国に自分以上に憧れている子はいないのではないか、とおかしなところで自負していたが、彼は私以上に残念がっているように見えた。

——ねえ、そんなにドリームランドに行きたかったの?

ホームルーム終了後、訊ねてみた。一年間同じクラスで、ひと月のあいだ隣の席だったにもかかわらず、口を利くのは初めてだった。が、同じ思いを共有しているものとして、訊かずにはいられなかったのだ。

——行きたいよ。もうずっと、子どもの頃から行きたくて、あと一年だって楽しみにしていたのに。

——解る。ホント、がっかりだよね。……ああそうだ、これあげる。

私はカバンから栞を取り出し、彼に差し出した。深い意味はなかった。彼は黙って栞を受け取った。ありがとう、とも言われなかったが、夢が突然絶たれたところに、キャラクターグッズだけ差し出されても、迷惑なだけだったのかもしれない、と思った。

——むっちゃん、あの子のことが好きなの？

帰りがけ、友人に驚いたように言われた。そりゃ、驚きもするだろう。彼は全然かっこよくなかったのだから。成績はどうなのか、スポーツはどうなのかといった情報も皆無だったが、知りたいとも思わなかった。

——ありえない。あんなおっさん顔。

間髪いれずに否定した。持っていると虚しくなる、いらなくなったものを処分しただけだ。

彼とは二、三年生では別のクラスになり、在学中は一度も口を利くことはなかった。

奈波以上に大声を張り上げてスペースコースターに乗ったあと、ファストチケットをとっていたスペーストラベラーで、宇宙船に乗ってエイリアンをつかまえるというシューティングゲームを楽しんだ。

次はエリアを変え、ウエスタンカーニバルのファストチケットを取り、キャラメル味のポップコーンを買って、ウエスタンアドベンチャーの列に並んだ。百二十分待ち、と表示が出ている。が、乗らないわけにはいかない。奈波が一番高い身長制限のあるこのアトラクションに乗れるようになるのを待って、東京ドリームランドを訪れたのだから。列に並ぶ前に奈波は身長計に乗り、基準を満たしている証明となるドリームマウスのブレスレットをはめてもらった。余程嬉しかったのか、奈波は右手をかざし、それを誇らしげに眺めている。奈波の前に並んでいた子はわずかに三センチほど、ラインに頭の先が届かなかった。

残念だけど、次のときに使えるファストチケットをあげるから、また来てね。係員がそう言って、子どもにカードを手渡すと、子どもも母親も嬉しそうに受け取っていた。もしも、私だったらどうだろう。

また来てね、などと気軽に言うなと腹を立てるかもしれない。こちらは何十年越しの願いをようやく叶えて来ているのだ。次なんていつあるかわからないし、永遠にないかもしれないのに。三センチくらいおまけしてくれてもいいのではないか。

いや、そうは思っても笑ってカードを受け取るだろう。夢の国に「怒る」という言葉はないはずだ。

……携帯電話が鳴った。昨夜、着信音をドリームマーチに設定したが、画面に表示されているのは、夢見がちな気分に水をさすような名前だ。

「はい……。炊飯器ですか。炊飯って書いてあるボタンを押してください。他の小さなボタンは気にしないで……。ええ、楽しませていただいています。じゃあ」

電話を閉じた。

「もしかして、母さん?」

夫が訊ねる。私の話し方でわかったのだろう。それとも、ここに来ているあいだに一度や二度かかってくることは、予測できていたのだろうか。

「うん。炊飯器の使い方がわかんないって」

「買い換えたばかりだからなあ」

「でも、ボタンを押せばいいだけなんだから、簡単でしょう」

「ならいいんだけど」

夫は少し心配そうな様子で言った。日本語で「炊飯」と書かれた一番大きなボタンを押すだけの行為がどうしてできないのだろう。買い換える際、一緒に電器屋に行き、私が選んだのを却下して、自分がこれにしましょうと言ったのに。

夫に気付かれないように、バッグの中にしまいながら携帯電話の電源を切った。

夢の国に外界とつながる道具はいらない。初めからこうしておけばよかった。

夫と奈波はゲームを取り出して遊び始めた。列に並んでいる他の子どもたちもほとんどがゲームで遊んでいる。たくさんの娯楽に囲まれた今の子どもたちには、ここが夢の国だという意識はあまりないのだろうか。それでもみな、大人も子どもも楽しそうな顔をしている。こんなにたくさん人がいるのだ。人間観察もおもしろい。

一番楽しそうなのは……、私たちのすぐ前に並んでいるカップルだ。年は二人とも二十代半ばから後半くらいか。まだ付き合い始めたばかりなのだろうか。大学の頃はテニスサークルに入っていて、など自己紹介のようなことを話している。はにかんだような笑顔で相づちを打つ女の子がかわいらしい。

考えてみれば、私とさほど年は変わらないはずなのに、私にはこんなドキドキするようなデートの経験はない。

島内に大学、短大、専門学校はない。封建制度は続いていたが、高校二年生になったあたりから、大学に行くためにしっかり勉強するようにと親から言われていたため、ついに島から出られるのだと勝手に解釈し、受験勉強に精を出した。が、いざ願書を出す際に、またもや条件がついた。

家から通えるところにするように。

高速バスが走っているため、本土でも県内のある程度の場所なら通学可能だったが、まさかこんな条件を出されるとは思ってもいなかった。言ってきたのは母だ。

——お父さんは東京の大学に行ったのに、どうして私はダメなの？

——お父さんは跡取り息子なんだから、好きなところに行かせてもらえたのよ。それに東京なんてお金もかかるでしょ。まあ、東大に行くってんなら話は別だけど。

島から東大に受かったという人など、聞いたこともなかった。

――じゃあ、私、大学行かずに就職する。

島を出て就職し、祖母にも母にも干渉されず、自分で生きていこうと本気で思っていたし、それが不可能ではないとも思っていた。屋敷の門を一歩出れば、男女平等の社会なのだから。

――冗談言わないで。田山家の子が大学に行かないなんてことになったら、おばあちゃんに何て言われるか。

――おばあちゃんなんて関係ないでしょ。一緒に住んでるうちは仕方がないけど、私の将来のことにまで、どうしておばあちゃんが口を挟まなきゃいけないのよ。私は田山家の人柱じゃないんだからね。

――人柱だなんて、さも自分が悲劇のヒロインみたいなことを……。だいたい、あんたが男ならもっと平穏に暮らせていたのよ。高校だって、大学だってあんたの好きなところに行かせてあげられていたはず。

――男、男って、男がそんなにえらいの？　いったいうちは何時代？　ここん家《ち》が一番栄えていた時代で時間を止めてるだけじゃない。私はちゃんと就職する。男に負けないくらい働いて、自分で収入を得て、自分で生きていく。やっかいな家や姑がついてくるくらいなら、結婚なんて一生しない。

――ほら、そうやって自分のことだけ。男の子ならちゃんと今の家族も、将来の家族も人生設計に入れて考えるのに、あんたは自分のことしか考えていない。そういうところがやっぱり女なのよ。そんな子をどうしてわざわざお金をかけて遠くの学校に行かせてやらなきゃならないの。

――子どもって親の面倒をみるだけの存在なの？　女って子どもを産むしか価値のない存在なの？　それなら、お母さんはもっといっぱい子どもを産んでおけばよかったんじゃん。そうしたら、男だって生まれたかもしれないし、肩身の狭い思いをしなくてよかったかもしれない。

――そうしたかったわよ！　でも、あんたが出てくるときにおかしな動きをしたから、子宮が傷付いて、子どもが産めないからだになってしまったんじゃない。それだって、どんなに酷いことを言われたか……。でも、おばあちゃんよりあんたの言葉の方がもっと残酷だわ。

――ねえ、どうしてそんな子どもに家にいて欲しいの？

――あんたが、田山家の子だからよ……。

私の存在は、母を傷付けるものでしかなかったのだ。私が自己主張をすれば、母が悲しむだけだ。なるべく言うことをきき、男として生まれてきたら当たり前のように受け止めていただろうことを、親にしてあげよう。

私は自宅から通える女子大に進学した。就職も家から通える範囲で探すことになるだろう。跡取りとして、田舎で安定した収入が得られる職業といえば教師だ。そう考え、教職課程を履修した。

大学四年生。六月の教育実習は母校・白綱島南高校で二週間の日程で行われた。実習生は男子三人、女子四人の計七人。東京や大阪の大学に進学した子たちは、集合した職員室で、島を懐かしがる言葉を次々と口にしたが、私の場合、大学に通うよりも近いところだ。話に加わるのがバカバカしく、一歩外れて集団から視線を外すと、壁際に立っていた男子と目が合った。

名前は確か、平川《ひらかわ》。相変わらずおっさんくさいけど、その分まったく変わらないな、などと思いながら会釈をすると、彼も「おう」といった様子で片手を上げた。

——えー、マクドって何？ マックでしょ。じゃあ、ミスドは？

教育実習生用の部屋としてあてがわれた会議室では、こんな会話が飛び交った。島にはマクドナルドもミスタードーナツもない。アルバイトがどうの、合コンがどうのというのも私には縁のない話題だった。

大学は家から通えるとはいえ、時間もかかるし、バスの最終便の時間も早く、そういったことをする余裕などなかったのだ。大学でできた新しい友人からの誘いも、三回断るともう声をかけてもらえなくなる。

田舎っぺだった女の子たちが、誰だかわからないくらいきれいになっているのも、オシャレなラインのスーツを着ているのも癪《しゃく》に障った。わざとらしい標準語や関西弁が耳につき、避難するように図書室に行くと、平川も図書室にいた。

――うるさくて、教材作りできないだろ。

――うるさいっていうか、話についていけなくて。マックとかマクドとかどうでもいいって感じ。……あ、でも平川くんも東京の大学か。いいなあ。

最初の自己紹介で平川が東京の大学に進学したことを知った。生徒たちから「おお」とどよめきが起こるようなところだった。

――学校もアパートも郊外だから、ここととそんなに変わらない。

そんなことはないだろう、とは言い返さなかった。

互いに科目が国語だということもあり、授業の発表会では何年生のどこをするのかとか、この資料集が役に立つとか、実務的なことを話した。本屋に行きたいが歩いて行くには少し遠い、とこちらが言ったところ、帰り道だからいいよ、と放課後、車で連れていってもらえることになった。

私はバスで通っていて、平川は車で通っていた。

それを機に、帰りは毎日、平川に送ってもらうことになった。バスの便は学生の登下校の時間帯には一時間に三本あるが、その他の時間には二時間に一本しかない。

三度目に送ってもらったときに「晩飯でも」と誘われたが、母が用意をしてくれているからと言って断った。「じゃあ、明日は？」と訊かれ、それにも黙って首を振った。男の子と付き合ったことも、出会うきっかけもなかったとはいえ、平川は二人でいてもまったくドキドキすることはなく、恋愛の対象には入らなかった。

それなのに……。

「ねえ、ママ、あとどれくらい？」

ゲームに飽きたのか、奈波が私の服の裾をひっぱりながら、退屈そうな声をあげた。夫は律儀にゲームのデータをセーブしている。

「もうちょっとだよ」

腕時計を見ながら明るく答えてみたが、まだ四十分は並ばなければならない。やはり、子どもに二時間待ちはきつかったか。

「こんにちは～。僕とじゃんけんゲームをしない？」

カウボーイの格好をした男の子がさっとやってきて、奈波の前にしゃがんで言った。

「勝ったら、ドリームキャラクターのシールをあげるよ」

「シール？　やるやる！」

奈波が嬉しそうに答える。待ちくたびれた子どもと遊んでくれるとは、さすが、夢の国だ。

「ようし、勝負だ。その前に、名前を教えてもらってもいいかい？」

「平川奈波！」

奈波が元気いっぱいに答えた。

自己主張せず、祖母を怒らせないよう静かに過ごしていたにもかかわらず、教育実習四日目の晩、家に帰ると母から離れの部屋に呼び出された。

――あんた、いったいどうやって帰ってきたの。

――同級生に車で送ってもらって。

――同級生？　嘘おっしゃい。向いの越野さんは、あんたがものすごく年の離れた男の人と一緒に車に乗ってたって言ってたわよ。まさか、不倫なんてしているんじゃないでしょうね。

近所のおばさんからの密告。勘違いのまま大きく広がる噂。男の子に家の前まで送ってもらっていればいつかこういうことになると、どうして気付かなかったのだろう。

――老け顔だけど、同級生なの。結婚もしていない。

――わかったわ。で、その子はなんていう名前なの。どこに住んでる子？　大学はどこに行ってるの？　きょうだいは？　まさか、長男とか一人っ子じゃないでしょうね。

抑え込んでいたものが、ふつふつと煮えかえってきた。さんざん言うことを聞いているではないか。我慢して、我慢して、我慢して、こんなところにいるというのに、まだ文句があるのか。しかも、くだらない勘違いで。

——バカじゃないの。付き合ってもない同級生に、ただ送ってもらっただけで、もう結婚？　こんなんだから、みんな島を出て行きたがるんじゃない。それも解らずに田舎のおばさんはテレビ見ながら、都会は人情がない、なんて知ったような口利いて、何が人情なんだか、ホント、笑わせる。

——親に向かってバカとは何よ。たとえ根拠のない噂でも、それがおばあちゃんの耳に入ったらどうするのよ。何でもわかったふうなえらそうな口利くなら、噂がたつことも想像しておきなさい。

結局は私が悪いということなのだ。

翌日は、送ってもらうのを断ろうと決めていた。二時間待ちになったとしても、バスで帰った方がいい。しかし、月末に行われる文化祭に、教育実習生も記念に何か作品を展示しよう、と美術教師志望の子が声をあげ、全員で学校の模型を作ることになり、その作業をしているうちに、最終バスの時間を逃してしまった。

忘れていたわけではない。九時の最終バスに遅れるから帰る、と言うと、平川号で帰ればいいじゃん、とみな当たり前のように、私が送ってもらっていることを知っていた。

平川も、今日に限って何で？　といったふうに私を見ていた。

結局、教育実習はまだあと一週間あるのだからと、九時半に作業を切り上げ、平川に送ってもらった。

——あ、家の前まで行ってもらうのって悪いから、ここでいいよ。

家の百メートルほど手前でそう言うと、平川は「同じことだから」と言った。我が家は山の麓《ふもと》に向かう細い私道沿いにある。この私道は突き当たりが民家で、通り抜けることができない。なので、この道に一度入ると、目的地がどこであれ、出て行くには奥までいって、民家の手前の小さな空き地でUターンしなければならないらしい。

何十年も住んでいたにもかかわらず、基本的な移動手段が自転車だったため、まったく気付けずにいたことだった。毎日そんな手間をかけていたのかと申し訳なく思い、謝りながら家の前で降ろしてもらった。

平川の車がまっすぐ進むのを確認してから、古い日本家屋である我が家の門を開け、三歩中へ入り……。道路に引き返した。

少し待っていると、ターンしてきた平川の車がこちらに向かってきているのが見え、私は小さく手を挙げた。

平川は車を止め、窓を開けた。

——何？　忘れ物？

——ううん。これから、ご飯を食べにいかない？

——そっちが大丈夫なら、いいけど。

そう言われ、私は助手席に乗り込んだ。窓から辺りを窺い、誰の姿も見えないことに安堵のため息をつき、じんわりと浮かんだてのひらの汗をスカートの裾でぬぐった。

ウエスタンアドベンチャーとウエスタンカーニバルを楽しむと、昼食を取るためにレストランに入った。三時前になっていたのであまり行列もできていないし、ピザやサンドウィッチといった軽食を出すところなので回転も早く、奈波から「おなかがすいた」と抗議を受ける前に席につき、食事を始めることができた。

ドリームランドでは食品の持ち込みが禁止されている。夢の国でコンビニのおにぎりや家で作ってきた弁当を食べることは許されないのだ。夢の国では夢の国のものを食べる。

ミックスピザとホットドッグ、チキンナゲット、ハムと卵のサンドウィッチというありふれた食べ物は夢の国仕立てに、ドリームマウスの顔をかたどったプラスティック容器の中に並べられている。

——これで三千円か。

夫が夢の国に水を差すようなことを言った。

──でも、この容器、折りたためるようになってるし、運動会のおにぎり入れにちょうどいいかも。

──うわあ、運動会のお弁当、これに入れてくれるの？　やったあ。

奈波がサンドウィッチにかぶりつきながら嬉しそうに言った。このひと言で笑顔になれる。三千円など安いものではないか……と、これが夢の国の魔法なのだろう。

プラスティックのナイフとフォークがついているが、私もピザを手に取り、かぶりついてみた。なかなか、おいしい。

毎日三食きっちりと手の込んだ料理を作っているが、こんな食事も悪くない。

食事に行こうと平川の車に乗ったものの、島内の飲食店はスナックや居酒屋以外すでに閉まっている時間で、平川はインターチェンジを上がった。

白綱島大橋を渡り、本土へと向かう。

せっかく橋を渡ったのに、平川も私も気の利いた店を知らず、国道沿いのファミリーレストランに入った。だが、私にとっては生まれて初めてのファミリーレストランだった。お誕生日にみんなが行くと言っていたレストランとは、こういうところだろうかと、きょろきょろと店内を見渡してしまったが、時間のせいか、家族連れはいなかった。

カップルが数組といったところだ。

メニューを見ても注文の仕方がわからず、平川と同じハンバーグのセットを頼み、カラのグラスと小皿をもらった。ドリンクバーとサラダバー用だ。自分で入れるのか、と平川の後からおろおろしながら皿を持ってついて行ったのに、気が付くと、「トマトも食べなきゃだめでしょ」とか、平川に彼女のような口調で話していた。

食事中は私の方から東京のことを訊くばかりだった。

――街で普通に芸能人に会ったりするの？

――一人も会ったことない。

――テレビ番組の収録とか見に行ったことある？

――ない。

――なんで？　もったいない。せっかく東京にいるのに。

――あんまり興味ないから。

――あっそ。

まったく会話は盛り上がらなかったが、平川が見た目に似合わず甘いものが好きだということがわかり、種類の違うデザートを二個ずつ注文して、それを二人で分けながら食べたのはとても楽しかった。

食事が終わったのが十一時過ぎ。ファミレスの駐車場に停めた車に乗ると、「じゃ、帰ろうか」と平川はエンジンをかけた。

——まだ帰りたくない。

小さな声はエンジン音にかき消されたのか、平川からの返事はなかった。

——帰りたくない!

声を張り上げてそう言うと、平川は無言のまま車を走らせた。来た道を引き返し、インターチェンジの看板が見えたが、そちらには進まず、脇道に逸れ、ピカピカとオレンジ色のライトが点滅しているホテルの駐車場に車を入れた。

エンジンを止めても、平川は車から降りようとしなかった。私もじっと座ったまま黙っていた。沈黙はどのくらい続いただろう。

——俺、勘違いしてる?

平川はまっすぐ前を向いたまま言った。

——してない。

——でもさ、急にこういうのっておかしいよ。なんか、イヤなことがあってむしゃくしゃしてんなら、こんなとこ入らなくても、俺でよかったらちゃんと話、聞くし。

——そんなんじゃない。イヤならいい。私なんて、きれいでもないし、ダサいし。イヤならそう言えばいいじゃん。

きつい言葉は自分を追い込み、私はまるで平川からそう言われたかのように、くやしさに声をあげて泣いた。膝に乗せた両手を堅く握りしめ、こぼれる涙をぬぐいもせずに泣いた。

——だから、そうじゃないって。

右肩に平川の手が遠慮がちに乗せられた。

——あのさ、夏に、二人で、東京ドリームランドに行こう。

——え？

思いがけない場所の名前が出て、顔を上げた。

——高一のとき、修学旅行の行き先が変わって残念がってたら、田山さん……むっちゃん、俺に栞をくれたじゃん。あれが、めちゃくちゃ嬉しくて、大学生になってむっちゃんと一緒に行けたらいいなあって思ってたけど、俺なんて、まあ、見ての通りこういう顔だし、むっちゃんはものすごいお嬢様だって聞いてたから、あきらめてて……正直、今の状況にとまどってる。

栞をあげたのは平川だったのか、とそのときになって思い出した。

——なんで、そんなにドリームランドに行きたいの？

——なんでかな。うちは母親が病弱で、旅行なんかとんでもないって家だから、旅行自体に憧れてたってところもあるし、休み明けに旅行に行ってきた奴らが自慢するのをよく聞かされたけど、その中でも、ドリームランドに行ってきた奴らはホントに嬉しそうで、だからかな。

——私と、おんなじだ。

——そっか。じゃあ、行こう。約束。俺のぼろアパートに泊まるんじゃなくて、ドリームランドホテルを予約して、そのときは……。

平川は言葉を止めた。

平川の言う通り、帰りたくなかったのは平川と一緒にいたいからではなく、家に帰りたくなかったのと、家に帰った際の一番最悪な展開への恐ろしさと、それについて考えてしまう気を紛らわせたいという思いからだった。が、東京ドリームランドに一緒に行こうと言ってくれた平川に私は別の感情を抱き始めていた。

——そのときも、がいい。

平川は何も言わずに、私の手を強く握りしめ、それが合図のように、私たちは車を降りた。平川の家が実は南高のすぐ近くで、毎日、Uターンどころではない遠回りをしてくれていたことも、そのあと初めて知った。

その夏、結局、東京ドリームランドには行っていない。

酷いつわりに襲われてしまったからだ。

食事のあと、ドリームベアのはちみつ捜し、というハニーポットに入って森の中を探検するアトラクションに乗り、東京ドリームランドこれだけはおさえておきたいベスト

5、とガイドブックに載っているアトラクションはひとまず乗りつくした。どれも、映画のセットのように細部までこまかく作られた、夢の国の中の、さらに夢の中にあるような空間で、のんびりとした気分を味わったり、スリルを楽しんだり、あっと驚かされたり、ゲラゲラと笑ったり、長時間並んででも乗ってよかった、と思わせてくれるものばかりだった。

奈波も腕や頬にじゃんけんゲームでもらったシールを張り付けたまま大満足な様子だ。それなのに……。

どういうわけか夢が叶ったという気がしない。

決して、想像していた以下のところで、がっかりしたというわけではない。むしろ、想像以上に徹底して作られていた、夢の世界だった。十分楽しんでいるはずだ。それなのに……、なんだろう、このモヤモヤとした気分は。

私は本当にここに焦がれていたのだろうか。この程度の満足を得るために、私はあんなことをしたのだろうか。

平川としょぼけたホテルで過ごした翌朝、家に帰ると、母は無断外泊を責める前に、祖母が亡くなったことを私に伝えた。

夕飯後、祖母は庭にある井戸の水で薬を飲む習慣があった。いつもは母が水差しに入れて祖母の部屋の入口前に置いておくのだが、その日はうっかり忘れていたらしい。忘れたのは初めてではない。

井戸より遠い離れに祖母が乗り込んできて、水がないと怒鳴られたことは何度もある。しかし、怒鳴り込もうにも、その日は町内会の寄り合いがある日だった。役があたっているのは父の方だったが、面倒な話し合いのときにはいつも母が行かされた。祭りの子ども神輿をやめにするかどうかなど、父にはまったく興味がなかったようだ。

母が九時からの寄り合いに行ったことは祖母も知っていたので、自分で水をくみに外に出たらしい。そこで発作を起こし倒れてしまったのだが、誰も気付いてくれる人はなく、十一時前に母が帰ってきたときには、祖母はもう息を引き取っていた。

母は祖母が死んだのは自分のせいだと泣いた。

こうなる日を待っていたのではないか、と母が泣くのを、意外な気分で遠巻きに眺めていた。涙なんかこれっぽっちも流れなかった。

母は祖母の死を悲しんでいるのか。自分のせいで死んだと思い、罪の意識から泣いているのだろうか。いずれにしろ、泣いている母を見て、長年同じ思いを抱いていたわけではなかったのだということに気付き、真実を母に打ち明けることをやめた。

私が家に帰ったとき、門をくぐると、祖母が井戸の横に倒れているのが見えた。わずかにうめき声が聞こえ、私の名前を呼んだような気がしたが、私は祖母のところには行かず、門を出て、平川の車がくるのを待った。恐ろしくててのひらに汗が滲《にじ》んだ。

恐ろしかったのは、帰ったときに祖母が生きて待ち構えていることだった。

だから、死んだと聞いたときはホッとしたし、見殺しにしたという罪悪感などはみじんも湧いてこなかった。ようやく自由になれるのだという解放感が、からだに残る平川の匂いとともに込み上げてきただけだ。

しかし、今の私の毎日に、自由などどこにもない。


「パレードまであと一時間あるけど、もう場所取りしておく？　それとも何か乗る？」

暮れかけた空を見上げながら夫が言った。もういいかという気持ちとともに、疲れも出てきたので、場所取りもかねてどこかに座っていたい。

「場所取り……」

「オーロラひめ！　奈波、オーロラひめに乗りたい」

私の言葉をさえぎるように、奈波が言った。

「そうか、奈波はオーロラ姫が好きだったな」

夫が思い出したように言う。人魚姫、白雪姫、シンデレラなど、ドリームキャラクターになっている童話のお姫様はたくさんいたが、奈波はオーロラ姫が一番のお気に入りだった。誰かが助けてくれるのを、百年も寝たまま待っているだけのお姫様の、どこにまで言っていた。

魅力を感じているのかわからないが、去年あたりまで、将来はオーロラ姫になりたいと
「うん。ママも行きたい」

オーロラ姫のアトラクション前までいくと、幸い待ち時間は二十分ほどだった。奈波と一緒に物語のおさらいをしているうちに順番がやってきて、親子三人、四人乗りのバラの花の形をしたトロッコに乗せられた。

王女の生誕パーティー。優しい魔女たちから次々と祝福を受ける王女。そこに悪い魔女がやってきて、呪いの言葉をかける。

十六歳の誕生日、王女の指に錘《つむ》が刺さり、永遠の眠りにつくだろう。ヒヒヒヒヒ……。

「こわいよう」

しがみついてくる奈波をほほえましく思いながらも、なんだこれは、と思っている自分がいる。目の前に広がる物語の世界は、今日乗った他のアトラクションと比べてあきらかに何段階も質が落ちるものだった。王女も魔女も、ベニヤ板に描かれているではないか。ビニル素材だと丸わかりのいばらの道は、照明の暗さと不気味な音だけが過剰で……。

でも、何故かドキドキする。胸の奥底から熱いかたまりが込み上げ、頬も、手足の指先も痺れるように疼き出す。

天井を這《は》う太いいばらのつるが王子の剣とともに頭上にドンと落ちてきそうになると、当たらないとはわかっているのに「ヒャッ」と声が出る。魔女の断末魔の悲鳴とともに正面からスモークがあふれ、パッと明るい結婚式の場面に出ると、ホッと胸をなで下ろすような気分になった。

トロッコから降りる。たった五分のちゃちなアトラクションだった。

なのに、どうして、私は涙を流しているのだろう。

「ママ、どうしたの？」

奈波が心配そうに私を見上げる。

「最後の煙が目にしみたのかな」

笑いながら言ってみるが、涙は止まらない。

――オーロラ姫、おもしろかったよ。魔女の顔が怖くて……。

誰のものだったかもわからない声が頭に響いた。それをうらやましそうに聞いている自分の姿が目の前に浮かんで、パッと消える。涙の理由がわかった。

私が焦がれていた東京ドリームランドはここなのだ。ここ十年くらいのあいだにできた人気のアトラクションではなく、狭い島から出て夢の国を覗いてきた子たちが、目を輝かせながら語っていたものに、私はずっとずっと焦がれていたのだ。

焦がれていたアトラクションはたいしたものではなかった。でも、がっかりする気持ちはどこにもない。ようやく夢が叶ったのだという充実感に胸が満たされている。子どもの私がここに来ていたら、きっともっと感動していただろう。みんなに自慢したはずだ。

いや、そんなに大したことなかったよ、などと語っただろうか。しかし、それすらも、夢の国に行ってきたからこそ口にできる言葉なのだ。

「むっちゃん、パレードを見に行こう」

夫が私の手をとって言った。

そうだ、オーロラ姫ともう一つ、見たかったものがあったじゃないか。

「うん、絶対に見なきゃ。行こう、奈波！」

夫の手を握り返し、あいている方の手で、奈波の小さな手をとった。

夢の国に焦がれる思いは、私の中から人として大切な感情を確実に一つ燃やし尽してしまった。その心で手に入れたと思っていた自由は、ただのまぼろしだった。

子どもができたと報告した私に母は泣きながらつかみかかり、「みっともない」と繰り返した。

県の採用試験に合格した平川と大学を卒業すると同時に籍を入れたが、平川の赴任校が白綱島南高校に決まり、からだの弱い平川の母親のために、私が平川の家に入ることになった。

田山の名前を捨てた私に、母は「勘当する」と言い放ったが、盆と正月が近づいてくると、何食わぬ声で、「いつ帰ってくるの？」と電話をかけてくる。

父は平川の家をぶらりと訪れては、お茶も飲まずに、奈波用に買ったおもちゃを置いていく。

平川の母親は「あなた、私を殺す気なの？」とことあるごとに私に言うが、結婚して八年、彼女は風邪すらひいたことがない。

平川の父親は平川によく似た、穏やかで優しい人だが、存在感がまるでない。

母は最近絵手紙教室に通い出し、そこで描いた作品が私宛に先日届いた。「男の子が欲しいなあ」と素朴な文字で書かれていた。

平川が東京ドリームランドに行こうと提案してくれた際、後で文句を言われるくらいならいっそみんなで出かけてみようと、田山の両親と平川の両親に声をかけたが、断ったのは両家とも母親の方だった。

平川の母親からは、「そんな遠いところに行けないわ。私のからだが弱いこと、知ってるでしょ」と言われ、母からは、「死んだおばあちゃんに申し訳が立たないから、行けないわ」と言われた。

私を縛っていたのは、祖母であり、祖母ではなかったのかもしれない。

だけどもう、縛られていると考えるのはやめよう。辛くなれば、ここを思い出せばいい。またここに来ればいい。

夢の国は何十年もかけて辿《たど》りつくような、遠い場所ではないということがわかったのだから。

ドリームマーチが聞こえてきた――。

雲の糸

【毎朝新聞・朝刊】

×日午後八時頃、O市白綱島《しらつなじま》の三浦海岸の崖から歌手の黒崎《くろさき》ヒロタカ（本名・磯貝宏《いそがいひろ》高《たか》）さんが転落したと白綱島警察署に通報があった。黒崎さんは岩場で釣りをしていた人たちに救出されて、救急車で島内の病院に搬送されたが、意識不明の状態が続いている。

現場に遺書のようなものはなく、「来るな」という黒崎さんと思われる声を聞いたという釣り人たちの証言が複数あるため、警察は事件の可能性があるとして調べている。

＊　＊　＊

黒崎さんは路上ライブで評判をよび、二〇〇×年に「虹の欠片」で歌手デビュー。テレビドラマの挿入歌になったセカンドシングル「彼方から」が十代を中心とする若者たちからの支持を集める。先月発売のサードシングル「空の果て」がギャラクシーランキング初登場第三位を獲得するなど、今もっとも注目される若手アーティストの一人である。

＊

島になんか、帰ってくるんじゃなかった——。

島の市外局番が表示されていたのだから、警戒するべきだったのに、万が一の可能性を考えて電話に出てしまった。母さんが倒れた、姉さんが事故に遭った。僕が島で案ずるのは二人だけなのだから、着信を一度見送ってこちらから二人に確認し、両方に繋がらなければ、履歴の番号にかけ直すなり、二度目の着信を待てばよかったのだ。

だが、そもそも僕には、自分に連絡を寄こす島の連中がいるという発想がなかった。島民で僕の電話番号を知っているのは母さんと姉さんの二人だけ。あとは皆、高校を卒業して島を出る際に関係を断ち切った。いや、そもそも誰とも関係を結んでいない。僕がそうすることを選んだのではない。周りが僕を、僕たち家族を、受け入れてくれなかったのだ。

だが、電話に出る前の心境がどうであるにせよ、出てから後悔したのでは手おくれだった。

『もしもし、ヒロタカ？　久しぶり。俺、誰だか解る？』

もしもし、の段階で条件反射のように体の奥から酸っぱい液が込み上げ、的場裕也《まとばゆうや》だとすぐに解ったが、黙ったままでいた。

『おいおい、故郷の親友を忘れたのか？　的場だよ』

冗談としか思えなかった。的場は同じ町に住む同級生であったが、断じて親友などではない。僕に親友などいない。友人を百人答えなければ殺すと脅されて、仕方なく同級生の名前を片っ端からあげていくとしても、的場の名前だけは絶対に出さない。

せめてもの抵抗にと黙っていたが、的場は構いなしにしゃべり続けた。

『大活躍じゃないか。昨日もこっちに残っている連中と飲んでたんだけど、みんな、おまえのことすごいって言ってたぞ。島からスターが出たっていうのにCDショップがないもんだから、新曲が出るごとに俺が本土でまとめて買ってきて、みんなに招集をかけてるんだ。同級生、CD代持って全員集合！　ってな』

的場は黒崎ヒロタカを誰か別の同級生と勘違いしているのではないか。

『まあ、おまえとはいろいろあったかもしれないけど、悪かったなって思ってるよ。だから、反省の意味も込めて、おまえの応援をさせてもらいたいんだ。それに、俺は純粋におまえの歌が好きなんだ。今度の新曲「空の果て」は特にいいよな』

最底辺の人間として扱っていた僕を、歌を通じて見直してくれたのか。

「ありがとう」

自然と口をついて出た。

『で、ちょっくら頼みがあるんだけどさ』

再びすっぱい液が込み上げてきた。的場がただ褒《ほ》めるだけの電話などかけてくるはずがない。おだてた後には必ずやっかいな命令が待っている。そんなことは解っていたはずなのに。

『来月、島に帰ってこれないか？　うちの会社が創業五十周年の記念パーティーをやるんだ』

的場の家は鉄工所を経営している。不況で島全体の産業が落ち込む中、的場鉄工所は新しい加工法を開発し、大手企業と独占契約を結んでいるため、業績を維持することができている。島唯一の安定した会社だ。

『その席に、ゲストとしておまえに来てもらえないかな？　日程はおまえに合わせるから、都合のいい日をいくつか上げてくれよ』

命令を断るという選択肢は昔からなかった。体の大きさも体力も腕力も、何一つ的場にかなうものを持っていなかったのだから。しかし、昔の僕ではない。

「申し訳ないけど、仕事の依頼を勝手に引き受けることはできないんだ。事務所を通してもらえないかな」

『はあ？　こうやって直接連絡が取れるのに、どうしてそんな面倒なことをしなきゃならないんだよ。こっちは五百人規模のパーティーをおまえの日程に合わせてまで、来てほしいって頼んでるんだぞ』

「でも、そういう決まりなんだ」

『とか言って、事務所を使って断らせるつもりだろ』

「そうじゃないよ」

『じゃあ、受けてくれるのか？』

「約束はできない。僕がどの仕事を受けるかは、事務所が決めることだから」

『事務所、事務所って、スター様は不自由だな。一日も休めないのか？』

「いや、月に三日くらいはオフの日があるけど」

『じゃあさ、その三日のうちの一日で、オフの日の里帰りとして島に帰ってこいよ。俺んちに遊びにくるつもりでパーティーに出ればいいじゃん。それだと、仕事じゃないから事務所を通さなくても大丈夫だろ。他の芸能人もよく、お忍びで地元の祭りに参加したとか週刊誌で見るし、そうしよう』

「でも……」

一日も休めないと言えばよかったのに、バカ正直に答えた自分が情けなかった。

『そうだ！　ゲストなんて、俺の言い方が悪かったんだ。パーティーには社員の家族も招待するんだから、おまえも姉ちゃんの家族として招待すればよかったんだよな』

姉さんは的場鉄工所に勤務している。僕が的場を嫌いなことと、姉さんが島内の安定した会社に就職したこととは関係ない。出席を断るなら姉さんをくびにする、と言いだすのではと身構えたが、さすがに社長の息子でもそこまでの権限はないはずだ。しかし、的場はそれと同じくらい効果のあるカードを切ってきた。

『おばさんは来ることになってるぞ。おまえが来たらみんなが喜ぶし、そういうところを生で見るとおばさんも鼻が高いんじゃねえの？　社員の家族だから一般出席者扱いだけど、おまえが来てくれるなら、おばさんも来賓としておまえの隣に席を用意するし、親孝行できるいいチャンスだろ』

どうして、ここで母さんを持ちだすのだ。ずっと無視し続けていたくせに。

『おまえの電話番号も、おばさんに教えてもらったんだけど、パーティーのことを話したら、帰ってくるのかって喜んでたぞ。ちゃんと連絡とってんのか？』

もう断ることはできない。

『それにさ、どうこう言っても、やっぱり地元は味方につけておいた方がいい。最近、週刊誌の記者がおまえのことを調べに島に来ているらしいぞ。みんながどう答えるかは、おまえの態度次第じゃないの？』

とどめを刺され、僕は来月のオフ日を的場に伝えた。

受話器を置いたと同時に、洗面所に駆け込んで吐いた。

頭が割れるように痛み出しているが、大したことではないのだと自分に言い聞かせる。姉さんの家族として、母さんと一緒にパーティーに出席すればいいだけだ。歌えとは頼まれていない。そうなった場合は、事務所との契約違反になると言い切れば、無理強いされることはないだろう。相棒のギターは当然、置いて行く。

ほんの数時間、我慢すればいいだけだ。

眠ってしまいたかったが、もう一度、受話器を取った。先ほどと同じ市外局番だ。母さんは三回鳴らないうちに出た。

『ヒロちゃん、帰ってきてくれるの？』

的場が僕のパーティー出席を思いついた時点で決定事項になっていたのだ。それでも、普段ほとんど連絡をとることがない母さんの、弾んだ声を聞けるのは嬉しい。何か食べたいものはないかと訊かれて、魚の煮付けをリクエストすると、さらに弾んだ声で、まかせておいて、と返ってきて、僕は腹をくくった。

しかし、言っておかなければならないことがあった。

「母さん、僕の電話番号を勝手に教えちゃだめだよ」

『あら、知らない人には教えないわよ。仲のいい人にだけ』

「僕は的場とそれほど仲良くない」

『何言ってるの。的場くんはヒロちゃんのこと、ものすごく応援してくれているのよ。外で会ったら丁寧に挨拶してくれるし。母さん、すごく嬉しいの。的場くんだけじゃない。みんなが声をかけてくれるの。ヒロちゃんのおかげ。ありがとうね』

これ以上責めることはできない。確実に連絡が取れる方法として、これからは誰に聞かれても事務所の電話番号を答えてほしいと伝えて、電話を切った。

母さん、姉さん、僕。僕たち家族は島民から無視され続けた。理由はある。母さんが父さんを殺したからだ。毎晩、大酒をくらっては暴力をふるう父さんに、母さんは耐えきれなくなり、ある晩、包丁で父さんの背中を刺したのだ。

当時、僕は一歳。事件に関する記憶は何もない。五歳年上の姉さんは憶《おぼ》えているらしく、あれは仕方がなかったのだと、母さんがやったことを責めることなく受け止めている。しかし、僕はそんなふうに思うことができなかった。

暴力はいけない。だが、殺さなくてもよかったのではないか。子どもたちにとっては父親に当たる人だ。経済的にも、社会生活を送る上でも、父親はいた方がいい。子どものために踏みとどまろうというブレーキは母さんには働かなかったのだろうか。離婚という選択肢はなかったのだろうか。

せめて……。刑期を終えたあとに、子どもたちを連れて新しい土地でやり直そうとは思わなかったのだろうか。両親の墓があるから島を出られない。母さんがそう言うのを一度だけ聞いたことがあるが、墓参りなど年に一度島を訪れたら果たせるではないか。母さんのせいで、僕は島にいるあいだずっと、殺人犯の息子という重石《おもし》を背負って生きてきた。殺人犯の息子には無視をしても、暴力をふるっても、持ち物を隠しても許されると、島の子どもは思っている。的場はその筆頭だった。

島に帰るのは高校を卒業して以来、七年ぶりだと事務所の社長に伝えると、里帰りしてリフレッシュしてこいと、休みを一日プラスしてくれた。F駅で新幹線を降り、最終便の高速バスに乗った。

暗闇の中に、白綱島大橋が白く浮かんでいるように見える。渡りきった先には何もなく、バスごと海の底に沈んでしまうのではないか。そんなバカげた妄想を、浜辺の町にポツリポツリと灯る民家のあかりに打ち消されていくうちに、橋を渡り終えた。こんなに短かかっただろうか。

島を縦断したバスの終点からタクシーに乗る。かつては島で一番大きな造船所のあった海岸線を抜けると、南東町だ。集落の一番外れで小さな灯りをともしている家の前で、タクシーを降りた。

母さんは鯛《たい》の煮付けを作って待ってくれていた。姉さんは急な出張が入ったとかで、僕と入れ替わりに出ていったと母さんに聞かされた。野良猫が残念がるほどに、煮付けをきれいにたいらげると、母さんはネーブルを切ってくれた。

「ヒロちゃん、明日のパーティーは二時からよね。疲れているところを悪いんだけど、午前中、マッちゃんのところに行ってくれないかしら」

マッちゃんとは母さんの妹で、僕にとっては真知子《まちこ》おばさんだ。

「なんで？」

「だって、マッちゃんはヒロちゃんの親みたいなものでしょ。久しぶりに帰ってきたんだから、顔を見せてあげて。マッちゃんはね、いつもヒロちゃんのことばかり話しているのよ。ありがたく思わなきゃ」

ありがたく思わなきゃ——母さんの口癖だ。そりゃ、母さんにとっては島内の唯一の肉親だし、服役中に子どもを預かってもらったのだから、ありがたい存在ではあるだろう。だが、僕までそう思わなければならないというのはおかしい。僕は何も悪いことをしていない。

「ちょっと寄るだけでいいの。五分だけ」

南東町から真知子おばさんの住む中町へは車で十五分ほどかかる。

「お姉ちゃんが車の鍵を置いていってくれてるから」

僕は仕方なく頷いた。

食後、散歩に出ると言って家を出た。

島の周囲の九割はほぼ緩やかな海岸であるが、南東町は集落のある緩い海岸線から少し離れたところに、切り立った断崖がそびえたっていた。崖の先は街灯が届かず、星空を見渡せる僕のお気に入りの場所なのに、七年ぶりのその場所からは、星がひとつも見えなかった。

玄関先で挨拶《あいさつ》だけして帰るはずが、ちょっと奥に来てほしいの、と真知子おばさんに手を引かれ、客間に連れていかれた。たたきに靴がびっしりと並んでいたのが気になったのだが……。おばさんが襖を開けると、おばさんと同年代の女性たちが十人以上詰めかけていて、やたらと響きのいい拍手が起きた。

「皆さん、ヒロちゃんのファンなのよ」

僕がここへ来るのは、昨晩、母さんの思いつきで決まったことではないようだ。

「ちゃんと挨拶をして、そのあと、サインをしてあげて」

そんなことをさせられるために来たのではない。……と皆の前で言い、帰っていく度胸はなかった。それとは別に、見憶えのない人たちばかりだったので、昔の記憶をむし返すこともなく、受け入れることができたのかもしれない。

「いつもありがとうございます。これからもよろしくお願いします」

そう言って頭を下げると、さらに盛大な拍手が起きた。島じゅうから買い集めたのではないかと思うほど、皆、一人で十枚も二十枚も色紙を持ってきていたが、僕はうんざりする気持ちを顔に出さないようにしながら、一枚ずつにサインをしていった。名前を書いてくれ、曲のタイトルを書いてくれ、メッセージを書いてくれ、すべてのリクエストに答えたし、握手もした。

僕と同じ事務所のベテラン演歌歌手、杉田大作《すぎただいさく》宛に書かれたファンレターも、渋々受け取ることにした。

「これを受け取ってもらえないかしら」

最後のおばさんから宛名が書かれていない封筒を渡された。僕宛だろうか。

「今見てくれない？」

にこにこしながら言われたので、中の便せんを出して開いた。《気付いたときにはもう恋の落とし穴に落ちていた……。》何だこれはと思うような、手紙というよりは詩のような文章が書いてあった。

「どう、なかなかいい詩でしょ？　私の娘が書いたの。作詞家を目指しているんだけど、才能があると思わない？」

「そう、ですね……」笑ってごまかすことにしたのだが。

「次の曲にどうかしら？」

「それは……」勘弁してほしかった。

「まあ、そうよね」

引いてくれたかと安堵したのも束の間だった。

「女の子の純粋な恋心を書いているんだから、あなたのイメージとは違うわよね。でも、マイコって同じ事務所なんでしょ？　彼女にはピッタリじゃない？　あなたからこれ、マイコにどうか聞いてみてくれないかしら。返事は直接でもいいけど、あなたから真知子さんに伝えてもらってもいいわ」

マイコは昨年デビューした事務所の後輩で、恋に悩む女の子の気持ちを丁寧に歌い上げていることから、十代の女の子たちから絶大な支持を受けている。が、返事をくれというのは困る。

「そんなこと、僕にはできませんよ」

「どうして？　絶対に歌ってくれって言ってるんじゃないのよ。マイコがどう思ったか訊くだけでいいんだから」

「だけど……」それなら、自分で郵送でもすればいいではないか。

「ヒロ、渡してあげればいいじゃない」

真知子おばさんが割って入った。

「あんただって自分一人の力で歌手になったわけじゃないでしょう。たくさんの人たちの支えがあって今のあんたがあるのに、どうして今度は自分が誰かを支えてあげようって思わないの。あんたとお姉ちゃんを引き取って、私は本当に辛い思いをした。姉さんのせいで、婚約が破談になって自殺も考えた。そんなときに支えてくれた人たちが、ここにいる『綿帽子の会』のメンバーなの。あんたが大きくなれたのは、みんなのおかげでもあるのよ」

受け取るしかなかった。真知子おばさんは独身のまま、給食センターで働きながら、姉さんと僕を五年間育ててくれたのだから。たとえ、毎晩、子守唄の代わりに母さんへの恨み節を聞かされていても、だ。

「よかった。娘も喜んでくれるわ」

「ありがと、ヒロ。私たちはこれからここで定例会を開くから、あんたはもう帰っていいわよ。風邪を引かずに、がんばりなさいよね」

来たときは引っ張って連れてこられたのに、帰りは一人で玄関に向かった。

抱かれることなく、一日じゅう転がされていたからだろうか。僕の古い記憶には空ばかりが残っているし、物心ついてからも空ばかり見上げるようになっていた。あの向こうへ行ってしまいたい。ぼんやりと浮かんだ思いは、空を見上げるごとに、強い願いへと変わっていった。

小学二年生、母さんが出所する少し前のある日、いつものように空を見上げると、真っ青な空に白い飛行機雲が一筋伸びていた。僕には雲がロープのように見えた。いつかあのロープが降りてきて、僕を違う世界に連れていってくれるんじゃないか。そんなことを考えた。

その晩、姉さんにだけこっそり打ち明けると、「なんだ、芥川龍之介の『蜘蛛《くも》の糸』じゃない」と言われた。僕以外にも空からロープが降りてくるなんてことを考えた人がいるのか、とその本を読んでみたくなり、姉さんに図書館で借りてきてもらった。姉さんは僕がちゃんと理解できるように絵本を選んできてくれた。

青い空などどこにも出てこない。いきなりの地獄絵図だ。地獄でもがく男の元に天から蜘蛛の糸が落ちてくる。男は生前、蜘蛛を助けたことがあったため、御釈迦様が慈悲を示してくれたのだ。

雲ではなく蜘蛛ではないか。しかも糸だ。登りにくいし、すぐに切れてしまうのではないかと思ったが、飛行機雲だって切れる以前の問題だ。でも、ここを抜けだしたいという思いが強ければ、糸もそのぶん強くなるのではないか。

蜘蛛と雲。どちらも耳で聞くには同じだ。地獄にいるのも同じだ。

僕は御釈迦様から慈悲を得られるよう、野良犬に給食のパンをやるなどしながら、雲の糸が降りてくるのを待ったが、家に野良犬が居付いたことをおばさんからこっぴどく叱られるだけだった。

家に帰ると、母さんはパーティーに行けなくなったと言った。

「仕事を急に代わってあげることになったの。だから、ヒロちゃん一人で行って」

母さんは白綱島と隣の魚崎島《うおさきじま》とを結ぶ渚《なぎさ》フェリーの船着場で働いている。

「じゃあ、僕も行くのをやめるよ」

「ダメよ、ヒロちゃん。的場くんや会社の人たち、みんなに迷惑がかかるでしょ」

「関係ないよ。義理立てする理由がないどころか、嫌がらせしか受けていないんだから。ここでドタキャンしてやった方がせいせいするよ」

母さんは悲しそうに顔を歪めた。

「なんてことを言うの。ヒロちゃんは優しい子だったじゃない。仕返しをするために、歌手になったんじゃないんでしょ？」

「わかったよ、行くよ」

「ありがとう。母さんは直接見ていなくても、ヒロちゃんがみんなに喜ばれている姿を思い浮かべることができるからね」

僕は結局、姉さんの車で、一人でパーティーに行くことになった。

仕返しをするため、などと考えたことはない。僕の気持ちは、島から出たい、その一方向にのみ向いていた。だから、高校を卒業して、大阪のスポーツ用品販売会社に就職できてからは、これといった目標もなく、毎日を普通に過ごしていた。島には姉さんが残っているので、母さんのことも気に掛ける必要がなかった。

年に一度、社員割引の日に、二人にポロシャツを買って送っていたくらいだ。毎回、母さんは嬉しそうな声でお礼の電話をかけてきてくれ、からだに気をつけるのよ、と言って電話を切った。

僕の仕事は主に配達で、五つ年上の先輩とトラックに乗り、契約店舗をまわっていた。運転免許は就職が決まったと同時に取ったが、島出身の田舎ものに大阪の道はまかせられない、と運転はいつも先輩がしてくれていた。僕は助手席から空を見上げながら鼻歌をうたうだけ。そんな僕に先輩が言ってくれた。

おまえの歌ってなんかいい。そして、親戚のおじさんからもらったまま押入れにしまっていたという古いギターを譲ってくれた。他人から初めて褒められた僕は、夢中になってギターの練習をした。ただし、会社が用意してくれた古いアパートの部屋では近所迷惑になるので、近くの公園ですることにした。

高い空のもと、ギターを弾きながら歌をうたうと、身も心も解放されるようだった。

母さんのことは思い出しても、犯罪者であることなど、頭の片隅にもよぎらなかった。

二年目くらいから、僕の周囲には人だかりができるようになった。そんなある日、芸能事務所のスカウトマンだという人から声をかけられた。

——空のもとで歌うのではなく、空の上から歌ってみないか。

僕のもとに雲の糸が降りてきたのだ。

パーティー会場である南町の市民ホールには、的場からの指定時刻の五分遅れで着いたのに、招待客らしき姿はほとんどなかった。こっちだよ、と大ホールの裏口に続く通路から的場がやってきて、ステージ脇に案内された。

会議用の長机に色紙が積み上げられていた。

「開宴は三時からなんだけど、おまえにはサインを書いてもらおうと思って、二時って言ったんだ。来場記念に全員に配ろうと思ってさ」

「五百枚くらいない？」やはり、来るんじゃなかった。

「ちゃちゃっと書けばすぐだろう。みんなだってさ、おまえに会ったって手ぶらで自慢するよりは、証拠品がある方が嬉しいだろ。店をしている人なんかだと、飾ってくれるかもしれないし、宣伝にもなるんじゃないか？」

なるわけがない。

「あと、歌も頼んでいいかな」

「悪いけど、それは事務所との契約違反になるから」こればかりはきっぱりと断った。

「仕方ない。おまえに来てもらっただけでもありがたいことなんだからな。その代わり、色紙、よろしくな」

的場はそう言って、慌ただしげに走り去っていった。

僕は機械と化して手を動かし、十五分で五百枚のサインを書きあげた。

ロビーに戻ると、大ホールの入口横に花輪が並べられていた。島内外の主だった会社名が並んでいる。その列の中にマイコと杉田大作の名前があった。受付テーブルに的場がいた。

「いったい、あの花は」

「おまえの事務所にファクスを送ったんだよ。故郷・白綱島で開催されるパーティーにおまえを来賓として招いているから、サプライズ企画として、マイコと杉田大作からおまえに何かメッセージを送ってもらえないかって。そうしたら、メッセージは無理だけどって、花をそれぞれの名前で送ってくれたんだ」

「なんでそんなことを……」

「気にすることないじゃん。マイコはおまえの後輩なんだし、杉田大作は大御所だけど最近全然売れてないし。おまえがビビる必要ないだろう。それに、ぼちぼち招待客が集まり出してるけど、みんなこの花見て、おまえのこと、やっぱすごい奴なんだって見直してたぞ。おっさん連中なんておまえの歌は理解できなくても、杉田大作から花を届けられるような存在なんだって知れば感心するだろ。マイコはまあ、俺がファンだから便乗させてもらったんだけど」

いい加減にしてくれ！

喉元まで出かかったが、受付に客が来たので、その場を引いた。

島でのことなら我慢する。帰ってきた僕のせいだ。だが、何でこっちの世界に踏み込んできているんだ。おまえが軽々しくものを頼める世界じゃないんだぞ。おまえはおまえたちの世界にいればいいじゃないか。おまえにとって島は地獄でないのだから。

僕がどれだけ努力して、苦労して、向こうの世界に入ったと思っているんだ。

スカウトされたからといってすぐにデビューできるわけではない。雲の糸をつかんだ僕は会社を辞めて上京した。母親が犯罪者であることは、事務所には黙っていた。重い荷物を背負っていては、雲の糸が切れてしまう。それでなくても、昇りきれるか解らないのに。

ボイストレーニング、ギターの特訓、作詞、作曲……。寝る間もなく、言葉の通り血のにじむような努力をして、僕は二年後に黒崎ヒロタカとしてデビューした。社長につけてもらった芸名だ。

事務所のプロフィールでは、出身地は公表していない。

パーティーが始まった。開宴の挨拶として、的場の父、的場社長が登壇した。

「皆さん、本日は的場鉄工所創業五十周年記念パーティーにお集りいただきまして、誠にありがとうございます」

的場鉄工所の歴史が簡単に語られた。その間に、シャンパンのグラスが配られる。

「では、乾杯に参りたいと思いますが、その前に皆さんにスペシャルニュースがあります。本日は特別ゲストとして、白綱島が産んだビッグスター、黒崎ヒロタカこと、磯貝宏高くんに来てもらいました」

盛大な拍手が起こり、僕は的場に促されて登壇し、的場社長の横に立たされた。ゲストではなかったのではないか。

「おもえば、もう二十数年も前、宏高くんの家は大変なことになってしまいました」

耳を疑った。なぜ、この場でそんな話を出してくるのだ。的場社長はこちらを見もしない。周知の事実のように語ったが、子どもたちや島外から嫁いできたと思われる人たちは、何があったのかとささやきあっている。

「ああいった事件が起これば、普通なら、宏高くんたち一家を、住民は町から追い出そうとするところです。しかし、我々はそうしなかった。手を差し伸べ、できる限りの援助をした」

何をしてくれたというのだ。込み上がってきた胃液を飲み込む。

「それは、宏高くんたちが私たちの家族であるからです。個人の家単位で語られる家族ではない。南東町という小さな町単位でもない。ここに集まられている皆さんを含め、我々白綱島の住民はみな家族なのです」

そうだ！　と合いの手が上がる。やめてくれ、おまえらが家族のわけがない。

「宏高くんはいつでも故郷に帰ってきて、我々家族に甘えればいい。困ったときには何でも相談してくれたらいい。我々はいつでもきみを応援しているのだから。皆さん、これからも、黒崎ヒロタカと的場鉄工所を島の二本柱として、益々守《も》り立てていこうではありませんか。――乾杯！」

このまま帰ってしまおうと、壇を降り、手近なテーブルに口をつけていないグラスを置いた。

「宏高くん、大きくなったな。憶えとるか、ワシのことを」

同じテーブルにいたおっさんに声をかけられた。まったく憶えていない。的場がやってきた。

「渚フェリーの社長さんだよ。おまえの母ちゃんが出所して、仕事の世話をしてくれた恩人じゃないか」

「ああ……。どうも」

「お母さんはよくやってくれてるよ。息子が大スターになったんだから、さっさとやめて遊んで暮らせばいいのにと言ったら、この仕事が好きなんです、だってさ。うちとしては助かるけど、きみはきみで、ちゃんとお母さんに親孝行してやりなさい」

肩に乗せられた手を払ってやりたかった。

母さんは出所後、渚フェリーの清掃員として働きだした。船酔い客の嘔吐物、おっさんの痰《たん》、吐き出したガム、それらがしみ込んだ床を二十年近く、掃除し続けてきたのだ。犯罪者の子どもであることに加え、この母さんの仕事が僕への嫌がらせに拍車をかけた。

――おまえんちってお好み焼きにガム入ってんの？

小学四年生のある昼休み、フェリー乗り場の近くに住む奴がそんなことを言ってきた。

――いや、普通にキャベツともやしと豚肉とそばと卵だけど。

――コテ、使ってる？

――うん。やっぱり、皿に入れて箸で食べるよりも、ホットプレートの上で、コテで食べる方がアツアツでおいしいよね。

――うわ、やっぱり、汚ったねえ。おいみんな、こいつんちって、フェリー乗り場の床にこびりついたガムを削ったコテで、お好み焼き食ってんだってよ。

途端に、僕をからかう言葉が飛び交う。

――オレも見たぞ。こいつの母ちゃんが床にへばりついてコテでガム削ってんの。ホント汚ねえよな。なのに、その格好のまま、オレに挨拶とかしてくるんだぜ。ヒロちゃんと仲良くしてくれてありがとね、だってさ。

――ヒロちゃーん、今日のおやつはガムよ。

そこに、的場も加わった。

――ガムなんかまだマシだっつうの。このあいだなんか、公園で犬のくそ拾ってたんだから。

母さんは毎朝、夜が明けるころ、近所の公園を掃除することを日課にしていた。服役後の社会奉仕活動として義務でやっていたのではない。母さんが自分の意志でやっていたのだ。僕はそれも嫌でたまらなかった。

だけど、それを姉さんに言うと、姉さんは母さんがしているのはボランティアという立派な作業なのだから、文句を言うなと怒られた。そして、明日は母さんを手伝おうと提案してきた。一緒に家を出ればいいのに、母さんを驚かせるために、少し時間を置いて家を出た。

薄暗い公園にぽつりと母さんの姿があった。水飲み場をたわしでこすっていた。子ども用の低い水飲み場を、痩せた背中を丸めて磨く母さんは、地面にはいつくばった昆虫のように見えた。

——母さん、一緒にやろう。

後ろから忍び寄り、姉さんと合わせて声をかけると、母さんはビクリと背中を震わせて振りむいた。困ってる。僕はとっさにそう感じたが、母さんの表情はすぐに優しい笑顔に変わった。僕と姉さんは持ってきていたスーパーのレジ袋に空き缶などのゴミを拾い集めた。犬のくそも落ちていたが、さすがにそれは拾えずにいると、母さんがスコップですくってビニル袋に入れ、ゴミ箱に捨ててくれた。

——野良犬とか見ないし、絶対これ、飼い犬のだよね。母さんが捨ててくれるの知ってるから、飼い主もほったらかしにするんじゃないの。

姉さんが母さんに言った。そうだよ、と僕も同意した。母さんがしなきゃならないことではない。

——いいの。母さんは嫌々やってるんじゃないのよ。でも、お姉ちゃんやヒロちゃんはやらなくていい。子どもは下を向いてちゃダメだもの。

言葉が胸にささったが、母さんはそれほど深い意味を込めていたわけではない。

——でなきゃ、母さんみたいに姿勢が悪くなってしまうわ。それに、悪い姿勢で勉強していたら、目まで悪くなるでしょ。テレビで言ってたけど、遠くの方を見る習慣をつけておけばいいんですって。

――だから、ヒロは視力がいいんだ。空ばっか見てるんだから。

姉さんはそう言って笑った。

母さんは手伝ってくれたご褒美《ほうび》にと、ポケットから小銭入れを出して、自動販売機で僕と姉さんにジュースを一本ずつ買ってくれた。母さんのは？　と訊くと、大人はそんなもの飲まないのよ、と言われた。我が家における最上級の贅沢《ぜいたく》に、居心地の悪さを隠せないまま、ちびりちびりとジュースを飲みながら姉さんを見ると、姉さんの目には大粒の涙がたまっていた。

もう少しやって帰るから、と母さんに言われて僕と姉さんは二人で先に家に向かった。

――母さんにもジュースを飲んでほしかった。

姉さんはポツリとそうつぶやいた。

「宏高くん、飲んどるかね」

渚フェリーの社長が去ると、またすぐに見憶えのないおっさんがビールのグラスを片手にやってきた。

「いえ、姉の車で来ているので」

僕は持っていたジンジャーエールのグラスを少し持ち上げた。

「ジュースなんか飲んどるのか、つまらんな。スター様だって、スポンサーやらの接待で飲まなきゃならんときもあるだろう。それとも何か、きみはこうやってお高くとまって、マネージャーや事務所の営業にガバガバと飲ませているのか」

「そんなことは……」

飲んで、飲んで、飲まされて、からだを壊し、医者からストップをかけられているのだ。

「ちょっとは裕也くんを見習ったらどうかね。みんなにビールをついで、挨拶をしてまわっているじゃないか」

的場の家が主催しているパーティーなのだから、当たり前ではないのか。ビール瓶を両手にテーブルをまわっている的場に目をやると、おっさんが耳元に顔を寄せてきた。

「どうやら、来年の市議選に出るらしい」

「え?」

「お父さんの会社という安定した身の置き場があるのに、この島をもっと活性化させるためには若い力が必要なのだと、会社を辞めて立候補するそうだ。弟が二人いるから会社のことはそっちにまかせておけばいいと安心しとるのかもしれんが、相当の覚悟がいることだっただろう」

落選すれば、父親はまた息子を迎え入れるのではないか。どれほどの覚悟でもない。おっさんは最初こそ声を潜めていたが、気分が高揚しだしたのか、だみ声を張り上げて語り続ける。

「でも、あの子はそうやって公の場に出ていくべきだと、ワシは思っとるよ。O市と合併してからは、島の議員も半分以下になったし、このままだとダメだとは思っていても、年よりは年より議員に投票するし、若いもんは選挙に行かん。厳しい戦いになるはずだから、きみも同級生として、しっかり応援してやるんだな」

そういうことだったのか。的場がここに僕を呼んだのは。

「O市の駅前で演説前に選挙カーの上で一曲歌ってみたらどうだ。何年か前になんとかベエっていう、IT社長が参議院選でいきなりここの選挙区から出馬することになったが、あんな不細工な兄ちゃんでも一目見ようとギャルの人だかりができてたくらいだ。きみならもっと集まるんじゃないか。歌の宣伝にもなるし、一石二鳥だ」

もう、勘弁してくれ。

「それとも、応援ソングを作ってやるか？　お、我ながら、なかなかいい案だ。そうなるとやはり、白綱島は入れてほしいところだな。熱き血潮の白綱に〜、とか。なんならワシが作詞をしてやろうか」

やめろ、やめろ……。

「先生、ちょっとすみません。宏高をおかりします」

的場が水割りのグラスをさっとおっさんのあいた方の手に持たせ、ぬくもりきったビールのグラスを受け取って、テーブルに置き、僕の背を押した。

「話しだすと長いんだあの人は。俺なんて二時間ぶっとおしで島の歴史を聞かされたよ。悪い人じゃないんだけどな」

僕たちが高校生の頃にはとっくに定年退職していた、白綱島南高校の名物国語教師らしく、五十周年の社史の編纂《へんさん》を頼んだため、来賓として招かれているらしい。

「助かったよ。ところで」

もう帰ってもいいか、と言おうとしたところを遮《さえぎ》られた。

「そうだ、おまえを呼びに来たんだった。お疲れのところ悪いけど、社員の家族の人たちに、おまえの大ファンだから一緒に写真を撮らせてほしい、って頼まれてるんだ。いいよな」

「ちょっと、待って」もう充分だろう。

「何だ？　肖像権でもあんのか？　いや、ありそうだな。じゃあ、ブログにアップしたり外に流すのは禁止だって俺から言うよ。そうしたら、大丈夫だよな。ロビーで待ってもらってるから、急ごう」

仕方なく頷き、的場についてロビーに出た。片隅で、個人の持ってきたデジカメやケータイで一枚撮るだけだと思っていたのに、ロビーの端にはすでにパーティションで仕切った撮影ブースが用意されていて、「祝・的場鉄工所五十周年」と書かれた看板とマイコと杉田大作からの花輪がバックに入るように置かれていた。

「スターを素人が撮るのも失礼だからな。ちゃんとカメラマンにも来てもらったんだ」

小学校の隣にある写真館「清武堂《きよたけ》」の主人だった。

「まずは宏高くんだけ撮らせてもらうよ。記念にでっかく引き伸ばして、うちの表に飾っておくから」

そして、僕が事件を起こすことがあれば、この写真をマスコミに提供しようというのか。


姉さんは成人式に母さんの振袖を着て記念撮影することになった。薄みどり地に白と薄ピンクの牡丹《ぼたん》が咲いているという、振袖としては地味めのものだったが、正直、我が家にこんなにきれいなものが眠っていたとは思いもしなかった。

着付けは昔習っていたという真知子おばさんがしてくれることになった。たびと肌着を買うために本土まで姉さんの車で行くというので、僕も本屋にでも行こうとついていったときのことだ。母さんは仕事に出ていた。

——亜矢《あや》、あんた本当にあの着物でいいの？　私のもあるのよ。

デザインが地味だから、おばさんはそんなことを言ってるのかと思った。

——ううん、私あの柄けっこう気に入ってるから。

——でもあれは、姉さんが結婚式のときにも着たものだし、おまけに……。

おばさんは言葉を切った。その前に、僕も姉さんも驚いていた。自分が殺した相手との結婚式で着ていたものを、よくぞ娘の前に出せたものだ。しかも、これを着ろと。だからといって、新しい振袖を買う余裕など我が家にはなく、レンタルでもかなり取られると聞いていたので、母さんにしてみれば、娘に晴れ着を着せるための苦渋の決断だったのかもしれない。おばさんに頼み事をするのも、母さんにとっては難しい事だったはずだ。

——おばさんのはどんな模様なの？

僕が訊ねた。

——紫地に桜を散らしてぼかしを入れたモダンなデザインよ。私の年代よりも、亜矢たちの方が好きそうだわ。あんたたちのおばあちゃんはオシャレな人だったのよ。縫物が得意で、私も姉さんもいつも都会の子みたいなセンスのいい服着てたんだから。

母さんにもそんな時代があったのか、と少し胸が苦しくなった。

——姉さん、そっちにしたら。

——うん、でも、やっぱり緑にする。立てば芍薬《しゃくやく》、座れば牡丹の牡丹模様なのよ。私にピッタリじゃない。

姉さんがそうやっておどけたので、僕はそれ以上何も言わないことにした。

——まあ、着物はそれで仕方ないとして、写真はどこで撮ってもらうの？

真知子おばさんが訊ねた。南東町に写真館は一軒しかない。

——まだ予約は入れてないけど、清武堂じゃないの？

姉さんが答えると、ダメよ！　とおばさんが大声を上げた。

——事件のときに、マスコミに写真を提供したのはあそこなのよ。被害者と加害者が晴れ着を着て笑っている写真が全国に流されたんだからね。

——そういえば……。

姉さんは記憶に残っていたようだ。しかし、着物をやはりおばさんに借りるとは言わなかった。写真はおばさんの家の近所にある写真館に頼むことにした。

——マッちゃんの家で着せてもらって、そのまま歩いて行けるから便利よね。

母さんに報告すると、そう言って、納得したように頷いていた。


おまえが僕を撮るな、と言える理由はあるのに、なぜ僕はシャッターを切られているのだろう。なぜ、笑って、という声を無視することくらいしかできないのだろう。ただ、大ホールの中にいるよりは、こちらの方が楽だった。

そんなことを思いながら、百人近い人たちと写真を撮って握手をしているうちに、お開きの時間となった。

的場社長の音頭に合わせて万歳三唱をすれば終わりだ。ところが、壇上の社長がまたもや僕の名前を呼んだ。僕にもステージの上で万歳をしろということか。それで終わるのならと、的場に促される前に登壇した。

「さて、スター・黒崎ヒロタカを迎えて万歳三唱――とその前に、せっかくだから皆さん、宏高くんに一曲披露してもらいたいとは思いませんか」

会場から拍手が上がった。

「待ってください。歌うなんて聞いてない。事務所との契約違反になるし、それに、今日はギターを持ってきてません」

拍手の中、的場社長にだけ聞こえるように言った。

「そんなお堅いことを言わずに、歌ってくれないか。ゲストに歌手がきているのに、歌わないなんておかしな話だ。みんな、きみの歌が聴けると思って楽しみにしているのに」

「だけど、何の準備もできていません」

「心配ない。カラオケを用意しとるから」

そういうことではない。歌をうたえる状態の喉になっていないのだ。

「なあ、宏高くん、会社に恥をかかさないでくれ。それに、きみのせいでパーティーが白けたとなっちゃ、お姉さんが辛い思いをすることになるんじゃないのかね？」

僕は下唇をかみしめた。壇のすぐ前にいる的場を見ると、顔をしかめて胸の前で両手を合わせていたが、こうなることは最初から決まっていたのだろう。僕が黙っているのが同意の合図と受け取ったのか、的場社長は会場に向き直った。

「では、皆さんおまたせしました。黒崎ヒロタカくんに、新曲の『空の果て』を歌ってもらいましょう」

会場から再び拍手が沸き上がる。的場社長がマイクを僕に渡すと、質の悪いスピーカーから「空の果て」のイントロが流れ始めた。

腹をくくって歌いだしたものの、思い通りの声が出せない。特に、サビに入る高音は声が割れ、何を言ったのか聞き取れなかったはずだ。おまけに、的場社長が隣で調子の外れた手拍子を打っているため、テンポも若干ずれてしまう。

さらしもの。今の僕はまさにその状態だ。こんな歌を聞かせるくらいなら、裸踊りをする方がまだマシだ。このまま死んでしまった方がまだ……。

僕は空の果てまで昇るんだ――。

やっと終わった。拍手が上がり、「よ、白綱島の星！」とおっさんの声援が飛んだ。

拍手なんかしないでくれ。お願いだから、もうやめてくれ。

「宏高くん、ありがとう。では、今度こそ万歳三唱に入りたいところですが、新しい門出を祝うには、やはり、私よりもこれから島を支えていく若者がふさわしいのではないかということで、音頭は息子にまかせたいと思います。裕也！」

社長が名前を呼ぶと、さらに高鳴る拍手の中、的場が軽やかに登壇してきた。

「みなさん、今日はありがとうございました。僭越ながら、僕が音頭を取らせていただきたいと思います。それでは、黒崎ヒロタカと、的場鉄工所と、われらが故郷、白網島が今後ますます発展いたしますように、万歳――」

すべてはここに集約されるようになっていたのだ。

だが、僕がやらなければならないことはまだあった。

出口に的場と一緒に並んで立ち、帰っていく人たちに僕のサイン色紙を渡すのだ。どうぞ、と一枚ずつ手渡す。

「なんか、売れない演歌歌手みたいだな」

的場がおもしろそうに言ったが、聞こえなかったふりをした。僕はそこを通過して、求められる側に辿《たど》り着くことができていたのに。社員の家族の人たちが喜んで受け取ってくれるのが心の救いだった。

「お姉さんに、今度ランチに行こうって伝えてね」

さりげなく姉さんと親しいことをアピールする人もいたが、そんなのは可愛いものだった。一般客が皆帰ると、来賓たちがパラパラと出てき始めた。両手で色紙を差し出すと、

「いや、結構」

　片手で突き返された。

「ＭＨＫ赤白歌合戦に出たら、もらってやってもいいが、まあ、きみには無理だろう。経歴がクリーンなことも、出場条件の一つらしいからな」

　見知らぬおっさんはそう言うと、唇の端で笑い、的場に「がんばれよ」と声をかけて出ていった。

「俺も結構」

　あとに続いたおっさん二人は、こちらが色紙を差し出す前に、片手を上げて受取り拒否をした。

「何を歌っとるのか、さっぱり解らなかった」

「俺もだよ。最後の歌詞はなんとか聞き取れたが、空の果てまで昇るというのは、死ぬってことか？　縁起が悪い。そんな歌じゃ売れても故郷に錦は飾れんぞ」

　色紙を持つ手が震えた。胃液が込み上げ、今度は呑み込むことができず、おっさんたちに向かって、その日一日腹にたまり続けたものをすべて吐き出した。

「すみません。体調が悪いのを黙っていたようで」

　的場があいだに入り、おっさんたちに頭を下げると、上着を脱いでおっさんたちの服にかかった僕の嘔吐物をそれで必死にぬぐった。

「もう帰っていいよ。ありがとな」

的場に言われ、僕は逃げるようにその場をあとにした。

洗面所でうがいをして、駐車場に行くと、車のワイパーに封筒が挟まっていた。「黒崎ヒロタカ様」とだけ書いてある。また作詞の売り込みか？　中傷か？

母さんが、姉さんが、この島に残っていなければ、きれいさっぱり縁を切ることができるのに。まるで、二人を人質にとられているようなものだ。

封筒を握りつぶし、投げ捨てた。

家に帰ると、台所で母さんが食事の支度をしていた。

「おさしみを買ってきたけど、向こうでごちそうを食べてきた？」

僕がどんな扱いを受けたのか、母さんには想像もつかないのだろう。自分のことで精いっぱい。目先のことで精いっぱい。夫を殺したら、子どもたちにどんな未来が待っているかなど、心の片隅にさえ浮かばなかったのだろう。

「ちょっと、胃の調子が悪いんだ」

「大変！　昨日のお魚だったらどうしよう」

「そういうのじゃないよ。ちょっと横になったら楽になる」

そう言って居間に入ると、ちゃぶ台の上に白い色紙が二十センチ近く積まれていた。

をした。

「母さん、この色紙なに？」

ドア越しに訊ねると、母さんがエプロンで手を拭きながらやってきて、畳の上に正座

「みんなに頼まれちゃったのよ。お願い、ヒロちゃん。楽になってからでいいから」

「みんなって誰だよ。母さんにこんなこと頼めるくらい親しい人なんかいるのかよ」

「フェリーの人とか、近所の人とか、ヒロちゃんのこと応援してくれてるのよ。みんなでCDを貸し借りして聞いているんだって。なかなか順番がまわってこないってぼやく人がいるほど人気があるんだって」

「貸し借りのくせに、人気？」

「だってこの辺じゃ売ってないから……。ね、お願い。いいじゃないサインくらい。前にテレビでも、サイン書いてるとこ映ってたけど、ヒロちゃん、こんなにたくさん書かせてもらって嬉しい、って言ってたじゃない」

サードシングル発売記念に限定五百名で行われたミニライブのときのことだ。

「あそこに来てくれていた人たちはみんなCDを買ってくれて、僕に会うためにはがきを何枚も書いて送ってくれた人たちなんだ。アルバイトをしたお金で飛行機に乗ってきてくれた人だっている。なのに、こんなばらまくようなマネ、僕のファンに失礼だよ」

「そんなこと言わないで。お世話になってる人たちばかりじゃない」

「二十年間無視され続けて、世話になったたって言えるのかよ。母さんは僕を安売りしてるだけじゃないか」

母さんはがくりと項垂《うなだ》れた。

「じゃあ……なんて断ればいいの」

「預かれない、ってきっぱり言ってやればいい」

僕だって言えなかった。でも、それは人質がいるからで、母さんに人質はいない。

「だって、そんなこと言ったら……」

「なんだよ」

「ヒロちゃんが嫌がらせをされるかもしれないじゃない。インターネットに人殺しの子どもって書かれて、テレビに出してもらえなくなったら、母さん、ヒロちゃんにどう謝ればいいのか……。本当にごめんなさい」

母さんは畳に額をこすりつけるように頭を下げた。

「やめろよ、そんなこと」

「母さんは何百回だって人殺しって言われてもいい。でも、ヒロちゃんには、ヒロちゃんには……きれいなところにいてほしい。母さん、どうすればいいのかわからなくて、自分がうんと汚れていれば、ヒロちゃんとお姉ちゃんはきれいなところにいられるなんて、神頼みのようなことしかできなくて……。バカなお母さんでごめんね」

「もう、やめてくれ」

頭を上げない母さんを引き起こそうと、背後に回って腕をつかみ、ひっぱりあげようとしたが、くたびれたトレーナーの袖口がずりあがっただけだった。むき出しになった細い腕の太い血管の垂直方向に、縫い傷の痕《あと》がある。古くなり皮膚に同化した傷痕ではない。まだ、比較的新しい。

「どうしたの、これ」

母さんの背中がぴくりと震えた。力いっぱい腕を振りほどき、丸めたからだの下に隠してしまう。

「もしかして、自殺しようとした？」

母さんは何も答えなかった。しかし、丸めた背中がぶるぶると震え、そうだ、と言っていた。そういえば、週刊誌の記者が島内をうろついていた、と的場が言ってなかったか。母さんもそれを知り、黒崎ヒロタカの母親が殺人犯だと公になってしまう前に、命を断とうとしたのではないか。

死んで罪を償った。だから、息子を非難するのはやめてくれ。——そんな思いで。

僕が歌手になったせいなのか。

僕の歌がヒットしたせいなのか。

空の上を目指してしまったせいなのか。

「ごめん、ごめんなさい……母さん」

僕の方が人質だったのではないか。

僕は丸まった母さんの背中にしがみついて謝った。


夕食を取り、マジックを買いに行くと言って家をでた。母さんの用意していた名前ペンじゃ細くてサインが貧弱に見えてしまうから、と。

もういいのよ、と母さんは言ってくれた。ありがとう、と僕は笑ってみせた。

「せっかく帰ってきたんだから、散歩がてらきれいな星空を見たいんだ。昨日も行ったけど、くもって見えなかったから。今夜がラストチャンス。僕は島のことは嫌いだけど、島から見上げる空は、昼も夜も好きなんだ」

「車に気をつけるのよ」

母さんはそう言って僕を送り出してくれた。

僕は海岸線を歩き続けた。民家が途切れ、海岸沿いの坂道を上がっていく。上がり切ったところで、道路から外れて、手さぐりしながら岩場を歩き、断崖の先に立つ。見上げると、星空が広がっていた。

この空から雲の糸が降りてくるのを僕はずっと待っていた。

ようやくつかんだ糸を僕は必死に昇り続けた。ただひたすら上だけを向いて。だけど、ふと見下ろすと、糸を上ってきている奴らがいた。なんだ、おまえたちは。どうして僕の糸を昇ってきている。

僕は血を吐くような努力をして、高いところまで昇ってきたんだ。おまえたちとは違う世界にいくために。それなのに、どうしておまえたちが追いかけてくるのだ。どうして僕の糸をわがもの顔で使えるのだ。

僕がどんなに高いところに行っても、この島の奴らにとって、僕は見下すべき存在でしかない。見下す人間が高いところへ行けば、それだけで、自分も同じところへ行けるつもりになれるのか。

やめろ、来るな、これは僕の糸だ。来るな、来るな——。

「来るな！」

叫んだ瞬間、僕は真っさかさまに黒い海の中に落ちていった。

＊

深い闇の中で姉さんの声が聞こえる。

——ヒロ、母さんの掃除を手伝いに行こう。

そうか、今朝は早起きしなきゃいけないんだった……。

「ヒロ！」

目を覚ました僕に向かい、姉さんが大声をあげて顔をのぞきこむ。あれ？　姉さんなのかな。母さんみたいだけど、二人を足して二で割ったようだ。

ああ、そうか。姉さんも僕も、もう大人になっていたんだ。

「よかった、目を覚まして」

姉さんの目からこぼれた涙が僕の頬に落ちて流れるのを感じ、僕はまだ自分が生きていることに気が付いた。病院のベッドにいるようだ。

糸が切れても死ぬわけではないんだな。そんなことを感じながら、僕は再び目を閉じた。

次に目が覚めても、また姉さんしか見えなかった。

母さんは、どこだ。まさか——。

「母さんを捜してるの？」

姉さんに訊かれ、僕は頷いた。

「母さんが自殺をしようとしたから、自分が死ぬことにした。どうして、逆があることを考えないの。ヒロが自殺をしようとしたから、母さんはやはり自分が死ぬことにした」

「まさか」

「……バカね。ヒロが目を覚ましたとき、母さんが死んでたら、ヒロはせっかく助かったのに、また死のうとするよ！　って言ってやった。今、ナースステーションに行ってる。全国からあんた宛てに花やメッセージがじゃんじゃん届いて、それをどこに保管するか相談しに行ってるの」

「どうして、ここに届くんだろう」

「あんたが島内の病院に搬送されたって記事が出たからでしょ。島唯一の総合病院なんだから」

「みんな、僕が飛び降りたこと、知ってるんだ……。原因を調べられて、母さんのこともうマスコミに知られているかもしれないな」

「いいじゃない、別に。母さんは罪を犯した。でも、ちゃんと償ったし、今でも償い続けてる。あんたが意識不明の二日間、母さん、ずっと掃除をしていたの。夜も寝ないで、懐中電灯持って、町中の、ううん、島中の公園や海岸を掃除し続けていた」

「そんなことしたって……」

「あんたは目を覚ましたじゃない。いっぱい呼びかけても何の反応もなかったのに、母さんの掃除を手伝いに行こう、って言ったら、目を覚ましたんじゃない」

「帰ってこなきゃよかった」

「パーティーのことは同じ部署の子からきいた。写真を一緒にとってもらったし、歌までうたってくれたし、帰る時には手渡しでサインをくれたって、喜んでた。ヒロ、辛かっただろうなって思ってたら、昨日、裕也くんが謝りにきた。海に飛び込むほど追いつめたのは自分のせいだって」

「責められないように、予防線張っただけだよ」

「そうかもしれない。でもね、あんたを応援する気持ちはちゃんとあるんだよ。それ以上に、白網島をこのまま寂れた田舎として終わらせたくないっていう気持ちがあるから、からまわりして、ヒロの首を絞めるようなことになってしまったんだと思う」

「姉さんはあいつの味方なの？」

「違う。あんたは卑屈にならず、堂々としてりゃいいって言いたいの。人の成功を妬《ねた》んで石を投げてくる人なんかどこにでもいる。その人たちは母さんが殺人犯であってもなくても、同じことをしていたはずよ。でもね、そんな人たちが投げる石なんかかすりもしないくらい、あんたは自分が思う以上に高いところまで行けているの。それでも、不安なら、もっともっと昇ればいい。昇れば昇るほど、石を投げてくる人が増えるだろうけど、投げ上げた石はあんたには当たらない。投げた本人にかえってくる。ほうっておけばいいんだって」

「でも、もう糸は切れてしまったんだ」

「母さんのことが知られてしまったから？　あんたの目指すところってのは、世の中に流されやすいにわかファンから支持されることなの？」

「にわかファン？」

「人殺しの子だって知った途端に手の平返すファンのことよ。いっぱいいるはずだから、CDの売上は落ちるかもしれない。でもね、必ずいるはずなのよ。身内の過去なんか関係ない。黒崎ヒロタカの歌が聴きたいんだっていう人たちが。ほら、これ、読んでみなさい」

駐車場で僕が捨てた手紙だった。しわが丁寧に伸ばされてある。

中の便せんには……、イジメが原因で不登校になっていた息子が僕の歌を聴いて、少しずつ前向きに考えられるようになり、学校にも、まだ午前中だけで帰ってきたりする日はあるものの、毎日通えるようになった、というお礼の言葉と、次の曲も楽しみに待っているというメッセージが書いてあった。

「その手紙を書いた人は、母さんのことを知っている」

「だけど……」

「いい加減、気付きなさい。母さんのことを一番許せていないのは自分だって」

「気付いてるよ。そんなこと、ずっと前から。だって、母さんは僕らの父さんを殺してしまったんだよ。いくら暴力を振るわれていたからってそこまで……」

「あんたのためよ！」

姉さんは、何て、言った？

「母さんは自分への暴力には耐え続けてた。でも、酒を飲み過ぎて半分頭がおかしくなった父さんは、ヒロは母さんが浮気してできた子だって被害妄想に取りつかれて、あの晩、あんたの首をしめたのよ。母さんはあんたを守るために、台所から包丁をとってきて、父さんの背中を刺したの。父さんがあんたから手を放すまで、何度も、何度も」

頭の中に浮かんだ母さんは僕に背中を向けていたが、僕には母さんが泣きながら刺していることが解った。それなのに、母さんはその顔を絶対に僕には見せてくれない。

「なんで、教えてくれなかったの」

「母さんにヒロには絶対に黙っておいてって言われたからよ。あんた、今、自分が生まれてこなけりゃ、母さんは人殺しにならずにすんだのに……なんて、思ってるでしょ」

その通りだったので俯《うつむ》いて目をそらした。

「だから、言わなかったの。でも、もう大人だから全部言う。生まれてこなければ、なんて何様のつもりよ。生んでもらって、その瞬間から守られ続けてるの。母さんの子どもであることを恥ずかしく思う必要なんかどこにもない。卑屈になる必要なんかどこにもない。それがわからないなら、とっとと島から出て行け。二度と帰ってくるな」

「わからないって決めつけんな！」

腹から声を出し、少しむせた。姉さんがコップに水を入れてくれる。それを一気に飲みほした。

「帰ってくるよ。胸を張って、堂々と。凱旋《がいせん》コンサートを開いて、母さんと姉さんを一番いい席に招待するよ」

ふいに、嗚咽《おえつ》する声が聞こえた。しかし、目の前の姉さんは涙を流しているが、号泣はしていない。声はわずかに開いたドアの向こうから聞こえていた。洗面所にでも向かったのか、徐々に遠ざかっていく。

それが母さんの声だったと、姉さんも僕も、きっと、この先ずっと気付かなかったふりをするのだろう。

石の十字架

玄関ドアの隙間からじわじわと雨水が入りこんできている。泥を含んだ、コーヒー牛乳のような色だ。築五十年以上経つ木造平屋建ての家なので、隙間だらけなのはわかっていたけれど、これほどまでに水が浸入してくるものかと驚いてしまう。急いで、たたきに並べていた靴を、新聞を敷いた板の間にあげた。たたきの白く乾いたセメントがこちらに向かって徐々に色を変えているものの、さすがに板の間までは上がってこないだろう。高さは五十センチくらいか。

それにしても、一年中穏やかな気候の瀬戸内海の島に、家の中まで水が入りこむような台風がくるとは——。

子どもの頃にこの島に住んでいたときの記憶では、台風とは、窓を打ちつける強い雨とごうごうと唸《うな》る風の音を、家の中で聞きながらドキドキするだけのものであったはずだ。祖母は懐中電灯や非常食の準備をしていたけれど、警報が出たことはなく、それらが役に立ったことは一度もなかった。テレビのニュースで、リポーターが太平洋沿岸に立ち、豪雨の中、高波をかぶり、強風にあおられながら実況中継しているのを見て、なんだかおもしろそうだな、と思ったこともある。ジェットコースターのような、遊園地のアトラクション感覚でいたのかもしれない。つまらないな、と口をとがらせながら翌日分の時間割を揃えたものだ。数日前のクラスメイトたちの会話を思い出しながら。

クラスのリーダー的存在であった大橋文香《おおはしふみか》は、台風をこんなふうに例えた。

台風が山陽新幹線だとしたら、鹿児島や高知、和歌山はそれぞれ、博多駅、広島駅、新大阪駅みたいなものだよね。――こだまもひかりも停車する、必ず台風がやってくるところという意味だ。

それに比べて、白綱島《しらつなじま》はM駅みたいなものだよ。――M駅とは、島の北西の港からフェリーで四十分かけて渡ったところにある本土、M市の新幹線の駅で、こだましか停車しない。それほど規模の大きくない台風が、たまにやってくるところという意味だ。

なるほど、と周りの女子たちが感心したように声を上げ、じゃあ、ひかりもこだまも停車する岡山駅はどこだろう、となった。室戸《むろと》岬、足摺《あしずり》岬、紀伊半島……。台風のニュースでよく聞く場所がいくつか上げられたけれど、それは高知、それは和歌山、と文香に却下されていくうちに、徐々にトーンダウンしていった。

徳島はどうだろう、とわたしは思った。地図では四国の上側にあるから、白綱島と同じ瀬戸内海グループのように思われているかもしれないけれど、鳴門《なると》海峡を境に太平洋に面しているため、台風がくると毎回かなり荒れるところもある。

しかしそれを、口にすることはなかった。文香たちのグループにわたしは所属していなかったのだから。クラスの中心グループの子たちは、まるで教室に自分たちしかいないかのように、いつも大声でしゃべっていた。たった五人にだけ聞こえればいいはずなのに。教室の隅に一人で座っているわたしにも、会話は全部聞こえてきた。

小学校五年生の春に転校してきたわたしに、文香たちは最初の一週間くらいは親切に話しかけてきてくれた。しかし、ある日いきなり、わたしなど存在しないかのようにふるまうようになった。わたしが転校してきた事情を虚実交えて知ったからだろう。

わたしは関西の港町、K市で生まれ育った。父は証券会社に勤めるサラリーマン、母は専業主婦で、海まで広がる夜景を見渡せるマンションの十階の部屋で親子三人暮らしていた。忙しい父と平日に夕飯を一緒にとったことは、数えられるくらいしかなかったけれど、休日には三人で外食をしたり、映画を見に行ったり、夏休みには二泊程度の旅行をしたりと、満たされた日々を送っていた。

有名ブランドの服を母とおそろいで着たり、流行のキャラクターの文房具を買い揃えてもらったり、周りの子たちよりも少しばかり恵まれた環境にいたのではないだろうか。

学校ではこちらから誰かの席に行かなくても、休憩時間になると誰かしら、わたしの席までやってきて、同級生たちのおもしろいエピソードや前日に見たテレビのことなどを、みなでわいわいと話したり、ボールを持って校庭に出ていったりしていた。きれいな服を着ていたから、流行のものを持っていたから、友だちがいたわけではないはずだ。その頃のわたしに、境界線を引かれる要素がなかったからだろう。その証拠に、わたし自身は白綱島に越してからも、何も変わっていなかった。服や文房具は同じものを使っていた。

変わったのは、家族構成だ。祖母と二人暮らし——。

台所のテレビをつけると、台風情報をやっていた。

台風七号は九州を北上し、瀬戸内海を横断するように進んでいる。あまり見たことない進路図だ。風雨はこれからさらに激しくなるらしい。画面は、国の重要文化財である建物前に切り替わり、被害を懸念するコメントが流れている。

午後三時。夕飯の買い物に出ようかと思っていたけれど、残りもので間に合わせることにする。自分と小学生の娘、二人分の食事など、買い物を一日延長しても十分にまかなえる。

父の様子がおかしくなったのは、三年生の秋頃からだっただろうか。

平日の朝、会社があるはずなのに、寝室からなかなか出てこないということがたびたび起こるようになった。いつも父が先に家を出ていたのに、ひと月もすると、わたしが先に出ることの方が多くなっていた。それでも、帰宅すると家に父の姿はなかったため、仕事で疲れているから時間ぎりぎりまで寝て、会社に行っているのだろうな、と子どもなりに解釈していた。

しかし、事態はそんなに軽くはなかった。四年生になった頃には、父は一日中家にいるようになった。しかも、大半を寝室で過ごしていた。家から出るのは病院に行く時くらいだった。薬を大量に飲んでいた。心配になり、父の病気は何なのかと、母に訊ねたことがある。母はイライラとした口調で答えた。

――いっそ、本当の病気だったらどんなにいいかしら。お父さんはね、仕事をしたくないから、仮病を使って会社をずる休みしているのよ。

癌《がん》などの重病を伝えられたらどうしようかと構えていたものの、仮病と言われては、安堵《あんど》の気持ちは湧き上がらない。まじめな父がずる休みをするとは信じられず、やはり重病で、母はわたしに嘘をついているのではないかと思った。

――でも、毎日、いっぱいお薬飲んでるじゃない。

――あんなのは気休めよ。千晶《ちあき》だって、マラソン大会の前日はお腹が痛いと言って、薬を飲むでしょ。病気でもないのに。

一年生の頃から、マラソン大会の前日になるとお腹が痛くなっていた。運動が苦手なうえに、班ごとで平均順位を競わなければならないというプレッシャーのせいでそうなり、食当たりや風邪のせいではないことを、母は「病気ではない」と言っていたのだと、大人になった今では理解できる。しかし、そのときのわたしは、母に理解してもらえないことに少しばかり傷付いていた。

嘘をついているんじゃないのに。お父さんだって、本当にどこか具合が悪いに決まっている。そう感じたものの、母にそこまで言うことはできなかったし、ましてや父に確認することもできなかった。

父はそれから半年、病院に行っても、薬を飲み続けても、会社に行けるようにはならなかった。

ある晩、自分の部屋で寝ていると、隣の居間から父と母の話し声が聞こえてきた。

——精神的な病気の休みは、半年しかもらえないんでしょ。有給休暇も使い切ってるし、あと少ししか休めないけど、会社には戻れそう？　頭痛は落ちついたし、眩暈《めまい》や耳鳴りも前ほど酷くはないんでしょ？　がんばって、少しずつ復帰する努力をしましょうよ。

なだめるような、咎《とが》めるような、励ますような、母の口調はとらえどころがなかった。

おくべきだった。

──会社を辞めようと思うんだ。皆に迷惑をかけないためにも、もっと早くそうして

父の声は落ちついていた。

──何を言ってるの。不景気のせいで、仕事をクビになったり、就職が決まらないっていう人がたくさんいるのに、自分から会社を辞めるなんて！　あなたには家族がいるのよ。わたしだけならなんとかなる。パートに出ても構わない。だけど、千晶はこれから、塾に行ったり、受験をしたりと、大変な時期にさしかかるのに、どうするつもりなの？

──島に帰ろうと思う。幸い、うちにはおふくろが一人で守ってくれている畑がある。そこを一緒に耕せば、収入は減ってしまうが、家族三人、いや四人だな。食べていけないことはない。自然の中で人間らしい暮らしをしながら、この先のことを考えたいんだ。

──冗談じゃない！　そんなところで、やっていけるはずがないでしょ。

母は悲鳴のような声を上げた。

あのときの声も、今のこの状態の中ではかき消されてしまうかもしれない。

風はそれほど強くないものの、雨は激しく降っている。玄関に流れ込んだ水も、かなりかさを増している。二十センチくらいだろうか。濁っているため、底は見えない。台

風の進路図を見る限り、おそらく今がピークで、板の間までは上がってこないだろうけれど、電化製品などはコンセントを抜いて、高いところに移動させておいた方がいいかもしれない。とはいえ、台所の床の上にじかに置いているのは冷蔵庫くらいだし、持ちあげることはできない。

居間のテレビと電話は台の上に置いてあるから大丈夫だ。畳が湿っているような感触がするけれど、床下にも水が入ってきているのだろうか。隣の部屋へと続く襖《ふすま》に手をかけた。

「志穂《しほ》、開けるよ」

返事を待たずに開けると、勉強机の椅子に体操座りをして漫画を読んでいた志穂が振り返った。

「雨、すごいね」

「もしかして、水が上がってくるかもしれないから、ゲームやCDデッキを机の上に移動させせよう」

「ええっ、大変だ」

志穂は漫画を閉じながら立ち上がり、わっと声をあげた。

「畳、べちょべちょ」

「そんなに――」

言いかけたところに、家の外からゴッと地鳴りのような鈍い音が響いた。何だろうと、窓の外に目を向けようとした瞬間、同じ音が今度は床下から響き、居間の中央の畳が飛びあがった。志穂がワッと悲鳴を上げる。畳の下から泥水が噴水のように、四方八方に溢れ出し、またたくまに隣の部屋にいるわたしたちの足元まで広がった。

水は溢れ続け、あっというまに足首までつかってしまう。と、家中の灯りが一斉に消えた。停電だ。

「外に逃げよう」

志穂の手を引き、泥水が溢れる居間を壁沿いに通過して、台所へ行き、そのまま玄関へと向かった。たたきと板の間の境目がわからないほどに、泥水がたまっている。新聞紙の上に並べていた靴も、沈んでいたり、流されてぬれたりしているけれど、足元に何があるのか見えないのだから、履いておいた方がいい。

「ここで履きなさい」

志穂に運動靴を渡し、自分用に手近にあったパンプスをとった。スウェット地の部屋着には合わないけれど、そんなことを気にしている場合ではない。志穂は靴を履くのに手間取っている。ぬれている上、立ったまま履かなければならず、おまけにそうしているあいだにも、水かさは増していっているのだ。すでに、わたしのふくらはぎの真ん中あたりまできている。

「かかとをふんでもいいから」

普段絶対に口にしないことを、声を張り上げながら言い、志穂が靴を足に引っ掛けたのを確認してから、玄関ドアに向かって、泥水の中をすり足の状態で進んでいった。板の間のへりを靴裏でなぞり、おそるおそるたたきに足を降ろすと、太ももまで水につかった。志穂はたたきに降ろさず、わたしのパーカーの裾を握らせて板の間に立ち止まらせる。

ドアノブを握り、外側に押した。が、十センチほど開いたところで何かにぶつかり、それ以上動かすことができない。ドアをふさいでいるものがあるのだろうか。しかし、玄関前は小さな畑で、思い当たるものは何もない。両手でノブを握りなおし、体重をかけて思い切りドアにぶつかってみたけれど、衝撃が跳ね返ってくるだけだった。

「誰かいませんか？　誰か！」

ドアの隙間から叫んだものの、返事はない。そのうえ、泥水が勢いよく流れこんでくるため、あきらめてドアを閉めた。

居間と隣の部屋にはそれぞれ大きめの窓が一つずつあるけれど、柵がついているため、そこから出ることはできない。台所、トイレ、風呂場、家中の窓には全部、柵がついている。二十五年前、わたしが島に越してきた数日後、祖母が防犯用に業者に頼んでつけてくれたのだ。

出口がない。

志穂が不安そうにわたしを見上げる。

「外の方が危なそうだから、家の中にいよう」

そう言った背後から、炊飯器が流れてきた。志穂を安全な場所に置かなければならない。和室は畳が浮き上がってくるからだめだ。台所がいい。ダイニングテーブルの上に立たせようかと思ったけれど、椅子はすでに浮いたり、ひっくり返ったりしているため、同じようになる恐れがある。固定された高いところはないかと見回し、志穂をシンクの上に乗せた。ズボンがびしょぬれで、しゃがみこんだまま背中をがくがくと震わせている。

「そこまでは水も上がってこないと思うけど、水道をしっかり握って、待ってて」

志穂にそう言って、居間に向かった。太ももあたりまである泥水に畳が浮かび、進路をさまたげている。固定電話はすでに水の中だ。畳の向こうに携帯電話や財布を入れてあるショルダーバッグが浮かんでいる。足元に畳一枚分の穴があいていることを意識しながら足をすすめ、腕を伸ばしてバッグを引きよせた。携帯電話を取り出す。びしょぬれだ。それでも祈るような気持ちで開くと、待ち受けにしている志穂の笑顔がいつもと同様に現れ……、消えた。ボタンを押しても反応はない。

うっと涙が込み上げてきたけれど、これ以上水は必要ない。歯を食いしばる。

携帯電話をバッグに戻し、肩からかけると、隣の部屋に向かった。勉強机も泥水につかっている。ランドセルも教科書もたて笛も。マンガもゲームもＣＤデッキも。

押入れを開ける。下の段に入れてある寝具は全部アウトだ。上の段も下側の布団には水がしみている。上側のタオルケットと毛布は大丈夫だ。二枚重ねたまま慎重に取り出し、半分に折って頭の上に乗せ、両手で押さえた。アフリカの人たちがこんなふうにして荷物を運んでいる写真を見たことがある。泥水はもう、足の付け根辺りにまできている。

まだ日が沈んでいないのが幸いだ。

台所に戻り、志穂の頭から毛布をかぶせて、体にまきつけてやる。

シンクは十歳の子ども一人でいっぱいになる程度のスペースしかないため、わたしはダイニングテーブルをシンクに近づけて上がった。志穂がさらに寒がった場合のために、タオルケットは濡れないよう、まるめて胸に抱えた。泥水はテーブルの表面ぎりぎりのところで小さく波打っている。

「ママ、怖いよ」

志穂がか細い声で言う。

「大丈夫。外の音を聞いてみて。雨はさっきより小降りになっているでしょ」

強がって言ったものの、遠くで響くサイレンの音が、雨音をかき消しているだけではないかと、不安になってしまう。だけど、わたしが沈みこんではだめだ。志穂は周りの人間の気持ちを敏感に感知してしまう子なのだから。

「それにほら、サイレンの音も聞こえるでしょう。消防署や警察の救助隊の人たちが町をまわってくれてるってことじゃない」

「うちにも来てくれる？」

「当たり前よ。まだ来ないのは、この辺なんて、全然たいした被害にあってないってことよ」

志穂を励まそうとしながら、実は、自分に言い聞かせているだけなのかもしれない。これからさらに水かさが増して、家全体が水の中に沈むことになったら、と考える。じわりじわりと入り込んでいた泥水が、突然、床下から吹き上げてきたのだ。また同じようなことが起こらないとは限らない。かなり余裕を持たせたラインを決めて、水がそこまで来たら、天井を突き破ろう。モップは壁にかけてあるため、流されずにすんでいる。どのラインにするか。

シンクの引き出しの一番上の取っ手。そこまできたら……。

しかし、そうやってラインを決めて、目を凝《こ》らしてみると、水かさはテーブルの高さに上がってから変わっていないように思える。今がピークということか。そう願いたい。どうか、これ以上水かさが増しませんように。どうか、雨がやみますように。どうか、助けが来ますように。どうか、どうか……。

「畑、大丈夫かな」

志穂がぽつりとつぶやいた。家の前の小さな畑に、二人でトマトやキュウリ、ナスなどの夏野菜を植えている。実がなるのを楽しみにしていた。その喜びが次へのステップになるかもしれないと。あと一週間ほどで、収穫できたはずなのに。

「流されてたら、また植えればいいよ」

「うん……。ママが家にいてよかった」

それは、わたしも同感だ。とはいえ、志穂が小学校にちゃんと行けていれば、クラスメイトと一緒に校舎の上階などに避難でき、こんなに怖い思いをしなくてもよかったのだろう。だけど。

「ママも志穂が家にいてくれてよかった」

志穂に笑いかけた拍子に、白いかたまりが目にとまった。

「志穂、そこの石けんをとってくれない？」

志穂が毛布の隙間から手を出し、水道横の小物入れにある、まだそれほどちびていない石けんをとって渡してくれる。目印にしている引き出しの取っ手を引き、中から食事用のナイフを一本取り出した。

「何するの？」

訊ねる志穂に笑みだけを返し、石けんにナイフを入れた。形を深くなぞって、周囲を削る。あまり力を入れ過ぎると、石けんが欠けてしまうので、慎重に少しずつ削っていく。そうして気付く。一番強く祈っているのは、こうしている間なのかもしれない。祈るために彫るのではなく、彫りながら祈っているのだ。

「十字架？」

志穂がわたしの手元を、目を凝らすように見ながら、訊ねてきた。

「当たり。お守りを作ってるの」

「ママってクリスチャンだっけ？　おじいちゃんのお墓、お寺にあるよね」

「そう、だからクリスチャンではない。クリスマスにケーキは食べるけどね。でも、今すがりたいのは、この十字架なの。……そうだ、志穂をまだ、白綱山に連れていってあげてなかったね」

荒いながらも十字架のかたちが浮き彫りになった石けんを、志穂に持たせ、わたしは十字架にまつわる、子どもの頃のこの島での話を志穂に聞かせることにした。

父親は会社の金を横領したことがバレて自殺。母親はショックで精神病院行き。仕方なく、父方の祖母が引き取ることになり、白綱島にやってきた。わたしに関する噂話だ。父は横領なんかしていない。母は病院になんか入っていない。祖母はわたしを仕方なく引き取ったのではない。退屈な人たちが、楽しむためだけに作り上げたでたらめのかたまりだった。

祖母は生粋の島民だったけれど、大きな声で噂話をかきけしていくような性格ではなかった。ほうっておけばじきにみんな飽きるだろうと、閉鎖された社会で生きていく心構えを知ってもいた。

しかし、わたしは、そんなもの、知らなかったし、身に付いてもいなかった。

噂話が耳に入れば悲しくなったし、からかわれたら腹もたった。だけど、わたしはクラスの子や町の人たちに怒りをぶちまけたかったわけではない。謝罪させたかったわけではない。仲良くなりたい、受け入れてもらいたいと願っていた。

そんなわたしに声をかけてくれたのは、同じクラスの吉本《よしもと》めぐみだった。一学期のあいだじゅう友だちが欲しいと願っていたのに、夏休み前に、めぐみから声をかけられたわたしは、素直に嬉しいと思えなかった。めぐみは転校生でもないのに、わたし以上にクラスになじめていないように見えたからだ。休憩時間は一人で本を読み、教室移動もトイレに行くのも一人だった。

めぐみが女子たちから避けられているのは、彼女がやせっぽちで、顔色が悪く、いつも同じ服を着ているからだろうと思った。体操服も、もしかすると一年生のときからずっと同じものを着ているのか、誰かからお古をもらったのか、と思うような、色褪せした、みんなと同じには見えないものだった。

そんな子と一緒にいるのは恥ずかしいと思った。恥ずかしいという感覚は他者の目を意識することによって生じる。結局、わたしも、人を外見だけで判断していたのだ。

文香たちの華やかなグループに入りたい。しかし、そう願っていたのは、文香と仲良くなりたい、と思ったからではないはずだ。端から見て、あの子はクラスの中心グループにいると思われたかっただけなのだ。誰に恰好をつける必要があるわけでもないのに。

それでも、夏休みを一人で過ごすよりはマシかもしれないという、最低な理由で、わたしはめぐみと一緒に遊ぶことにした。だけど、めぐみはとても居心地のいい子だった。悪口を言わない、噂話もしない、そんなくだらないことを口にする暇がないほど、彼女はいろいろなことを知っていた。めぐみのおかげで草笛を吹けるようになったし、草花の名前も雲の名前もいくつも言えるようになった。

隣町へと続くトンネルの入り口にある大きな岩がなぜ「母娘岩」と呼ばれているかといった、島にまつわる伝説も教えてくれた。島の人なら誰でも知っていることなのだろうと思いながら、祖母に「母娘岩」のことを話すと、そういえば子どもの頃に聞いたことがある、と感心したように言われた。

いい友だちができてよかったね、と名前を訊ねられ、吉本めぐみちゃんだと答えると、祖母はほんの少し眉をひそめた。わたしはそれを、どこの子か思い出せずに考え込んでいるのだ、と解釈した。あそこの家の子か、という表情だったと知るのは、少し後になってからだ。だけど、祖母はめぐみちゃんと遊んではいけないとは口にせず、島のことをしっかりと教えてもらいなさい、と優しく言ってくれただけだった。

めぐみに島の伝説をもっと教えてほしいと頼むと、明日、白綱山を登りに行こう、と誘われた。それならお弁当を持って行こう、と提案すると、片道一時間あれば充分だから、お昼ごはんを家で食べてからにしよう、と却下された。

祖母にそれらのやりとりも含めて、白綱山に登ることを伝えると、祖母は朝から巻きずしを作ってくれた。卵焼き、ほうれんそう、甘辛く炊いたかまぼこ、にんじん、しいたけ、かんぴょう、そして、焼きアナゴが入っていた。まさか、自分のためにとは思えず、誰かお客様でも来るのかと訊ねてしまった。

――誰も来ないけど、こういうのは、突然作りたくなってしまうものなのよ。昼はうどんを作るから、これはおやつに持っていけばいい。いい天気だし、家よりも、山のてっぺんで食べる方が何倍もおいしいだろうからね。

祖母はそう言って、巻きずしを二本、ラップに包んでわたしに持たせてくれた。巻きずしと水筒をリュックに入れて、めぐみを待った。

十二時半頃にめぐみは、肩から水筒を下げ、壊れそうな自転車に乗って、うちに誘いにきてくれた。K市から持ってきたわたしの自転車には三段切り替えがついていた。坂道もずっと〈中〉に合わせたまま十五分ほど自転車をこぐと、白綱山登山口に到着した。駐車場に自転車を停めて、リュックを背負って歩きだすと、めぐみは白綱山について話してくれた。

別名、観音山。平安時代に京都から追放されて、島に流れ着いた高名なお坊さんが住んでいた山で、山頂にはお坊さんが死ぬまで観音様を彫り続けていた石が八百体以上並んでいるため、その名がつけられている。

――京都からって、新幹線がない時代だと、ものすごく遠いよね。船にも乗らなきゃいけないし。島じゃなくてもいいだろうし、他にも島はいっぱいあるのに、どうして、白綱島に来たんだろう。

――伝説によると、お坊さんは都を追われたすぐ後に、病気になって失明したんだって。だけど、暗闇の中に一本の白い綱が見えて、それを辿《たど》りながら歩き続けて、着いた先がこの島だったみたい。島に渡るときは、船に乗っただろうけど、白い綱が海に向かって伸びていたんじゃないかな。島の名前もこの伝説からきているらしいよ。

――島の名前になるくらい、えらいお坊さんだったんだろうね。なんで、都を追放されちゃったのかな。

そう言ってから、都会から小さな島に移り住むことを、落ちぶれた、と感じている自分にショックを覚えた。これでは母と同じではないか、と。

——悪いことはしていないけど、権力争いの犠牲になったみたい。だから、お坊さんが死んだあと、山頂にお堂が作られたし、観音様の石もきれいに並べられて、この山を白綱山、この島を白綱島と呼ぶように、時の権力者からの命令がくだったらしいよ。

今振り返ると、漠然としたエピソードだ。きちんと調べれば、お坊さんや時の権力者の名前、どういった争いだったのか、わかるのかもしれない。もしくは、その伝説にどれくらいの信憑性があるのかを知ることができるのかもしれない。だけど、わたしにはめぐみの語る伝説で十分だった。白綱島が、父がみんなで暮らそうと提案した故郷が、ぐっと自分の中に入ってきたような気分になれたのだから。

——めぐみちゃんは、なんで島の伝説をよく知ってるの？　「母娘岩」のことをおばあちゃんに話したら、すごいってびっくりしてた。島の人たちがみんな知ってるわけじゃないってことだよね。

——お父さんに教えてもらったんだ。あ、前のお父さんだけどね。

めぐみはそう言うと、もうすぐ到着するから、と足を速めた。この話は打ち切り、といったふうに。それにはわたしもホッとした。わたしも家族の話はしたくなかったからだ。

高齢者も参拝するため、登山道は頂上まで、階段状になっていたり、手すりがつけられていたり、歩きやすいように整備されていた。

子どもの足でも一時間足らずで到着することができた。

小さなお堂を囲むように、五十センチから一メートルくらいの大きさのまちまちな観音様の石がずらりと並んでいた。観音様のかたちをしているのではなく、表面が平らな縦長の石に観音様が浮き彫りにされているという形状だった。

お堂の前にめぐみと並んで立ち、遠くを見渡すと、海が見えた。真っ青な海に緑色の小さな島がぽこぽこと浮かんでいるのを見ると、自分のいる場所は案外広いのではないかと思えてきた。

白綱島の小学校に転校する際、都会からきた子だと妬《ねた》まれて、意地悪をされたらどうしよう、と心配になったことがあった。祖母の家の周囲には、小さなスーパーが一軒あるくらいで、かわいい文房具やおしゃれな服が買えそうなところなど、まったくなさそうだった。がっかりしたものの、そういうものを買ってもらう余裕がない経済環境に置かれたことはわかっていたので、これでいいのだと納得できたところもある。

新しい服を買ってもらえないので、逆に、これまで持っていた高級ブランド品の服を着て登校しなければならなかった。生意気だと思われるか。羨《うらや》ましがられるか。結果はどちらでもなかった。ブランド品は興味がある人にしか価値はわからない。島の女の子たちがあこがれるのは、手に届く範囲にある素敵なもので、それを持っていることが自慢なのだ。都会にしか売っていないブランド品など、まあまあかわいい服でしかない。

島の人、とくに子どもからは、田舎に住んでいるという引け目などどこにも感じられなかった。あんなところ、と感じるのは外側の人であって、そこしか知らない者は、自分たちが田舎に住んでいるとか、不便なところに住んでいるという自覚はないのだ。都会というのは、島の外でなく、島内の大手スーパーマーケットがある町のことだった。おまけに、関西弁をバカにされた。方言がないことはないが、自分たちは標準語を使っていると思い込んでいる子がほとんどだった。

小さな島々を眺めていると、その感覚がなんとなくわかるような気がした。滑稽《こっけい》だとは思わなかった。むしろ、住んだこともないのに、想像だけで「そんなところ」と決めつけてしまった母を愚かだと思った。そして、かわいそうだとも。

昼食は祖母とうどんを半玉ずつ食べただけだったので、大きくのびをするとお腹が鳴った。照れ隠しにめぐみを見て、へへっと笑うと、めぐみのお腹も鳴り、わたしはその場に座ってリュックから巻きずしを取り出した。

——おばあちゃんが、急に作りたくなったから、おやつに持って行きなさいって。巻きずしはおやつって呼べないよねえ。でも、せっかくだから一緒に食べて。

そう言って、めぐみに一本渡し、ラップを半分広げて巻きずしにかぶりついた。おいしかった。あの頃は、節分に巻きずしを丸かぶりするという習慣を、わたしは知らなかったので、切ってない巻きずしを食べたのは初めてだったけれど、これが本当の食べ方なんだという気がした。めぐみも巻きずしにかぶりついた。

――おいしい。あなごが入ってる。

――島の人はあなごが好きなんでしょ。うちのお父さん、あなごが入ってない巻きずしを、はずれ、って呼んでたもん。お雑煮だって、関西風も悪くはないけど、あなごの入った島の雑煮にはかなわないって……。

訊かれてもいないのに、あなご一つで父のことをうんと思い出し、涙がわいてきた。だけど、めぐみは涙の理由を聞いてこなかった。黙って巻きずしを食べ終えると、わたしが食べ終えるまで、海を眺めながら、小さな島々の名前を教えてくれた。そうして、わたしの涙が乾いたことを確認すると、ごちそうさまでした、と言って立ち上がり、元気な声でこう提案した。

――十字架探しをしよう。


幸い、水かさは増していない。しかし、日はかなり落ちていて、志穂の表情は見えづらくなっている。居間の仏壇辺りを捜せば、ろうそくを見つけることはできるだろうけれど、ライターは水につかっているだろうし、この状況でガスコンロを捻るのは怖い。サイレンの音は聞こえるけれど、こちらに近付いてくる気配はない。ここはまだ被害の少ない場所なのか、見捨てられているのか。気分を高めるためにも、志穂の好きなアイドルグループの話をしたり、歌をうたっていた方がよかったかもしれない。

「どうしたの、ママ。お坊さんのいた山なのに、どうして十字架なの？」

志穂が続きをせかすように訊いてくる。母親の昔話に興味を持ってくれているようだ。

思えば、志穂と二人でこんなにじっくりと向き合ったことなど、なかったのではないか。学校へ行けない理由を問い詰めてはいけない、ということと、真剣な話をしない、というのはイコールではないはずなのに。

「隠れキリシタンって知ってる？」

昔話を再開した——。


観音様に囲まれた中で十字架と言われても、まったくぴんとこなかった。そういう顔をしていたのだろう。めぐみが言った。

——隠れキリシタンって知ってる？

学校の授業ではまだ出てきていない言葉だったけれど、祖母が見ていた時代劇に、そういった人たちが踏み絵をさせられている場面があったことは憶《おぼ》えていた。キリスト教の信仰が許されない時代に、隠れて信仰していた人たちのことかと確認すると、めぐみはそうだと頷いた。

——キリシタンは白綱島にもいたんだって。だけど、キリシタン狩りが始まって、キリシタンはみんなでこの白綱山に逃げ隠れたの。役人もまさかキリシタンが他の宗教をまつっている場所に隠れているとは思わなかったようで、しばらくは見つからなかったみたい。毎日の祈りは欠かさなかったけど、キリシタンは観音様に祈っていたわけじゃない。観音様の石の空いてるところに十字架を彫って、それに向かって祈ってたんだって。その十字架が彫られた石がこの中に一つあるらしいんだけど、わたしもまだ見つけたことないんだ。だから、一緒に探さない？

宝探しのようでおもしろそうだとは思ったけれど、八百体の中から一つ見つけることなど気の遠くなる作業のような気がした。しかし、一時間くらいなら探してもいいかなと、軽い気持ちで合意した。

お堂の裏手を「観音めぐり」と書かれた看板の順路に沿って進んでいくと、山裾の向こう、トンネルの近くに、めぐみが住んでいるという団地が見え、次いで、わたしの家が見えた。徳丸川沿いの国道から脇道を少し下ったところにある平屋建ての一軒家。父は、子どもの頃、毎日のように川原で遊んでいた、と話してくれたことがあった。

海から二百メートルほど入りこんだところの川の水はしょっぱいでしょうか？　しょっぱくないでしょうか？

そんななぞを出されて、答えを聞いたはずなのに、どちらだったのか思い出すことはできなかった。また涙が込み上げそうになってきて、わたしは父のことを考えないようにするために、観音様の石を一体ずつ上から下まで丁寧に確認しているめぐみに、隠れキリシタンのことを訊ねた。

——結局、キリシタンたちはどうなったの？

——見つかったみたい。島は船着場を押さえられたらアウト、逃げられないもんね。そうとなったら、島の中を徹底的に探すでしょ。夜に役人たちが松明《たいまつ》を持って、この山に登ってきたんだって。キリシタンたちは十字架に向かって一晩じゅう祈り続けた。そうしたら、奇跡が起きた！

——奇跡？

——突然すごい雨が降り出して、大嵐になって、役人たちは山崩れに飲み込まれてしまったんだって。

——へえ……。

感心しながらも、役人がかわいそうだなと思った。

——だけど、それって伝説なんだよね。

——そうだけど、もし十字架が本当にあったら、まったくの作り話ってわけじゃないってことでしょ。それに向かって祈ったら、わたしたちも、救ってもらえそうじゃない？

自分が十字架に祈ることなど、考えてもいなかった。

——何か、困ってることがあるの？

訊ねると、めぐみは少し驚いたような顔をしていたけれど、明るい声でこう言った。

——お願いが叶うかもっていう意味だよ。運動会の徒競走で一等になれますようにとか。千晶ちゃんが行ってた学校は、景品、何だった？

景品の意味がわからなかった。徒競走はあったし、奇数クラスと偶数クラスで赤白の組に分かれて競い合ってもいたけれど、勝った人や、勝った組にだけ、プレゼントが出るということはなかった。努力賞として、全員に消しゴムや赤鉛筆が配られていただけだ。そう答えると、太っ腹だねと驚かれた。こちらの小学校では徒競走で一等になった子だけが、消しゴムや赤鉛筆をもらえるのだ、と。

運動神経の悪いわたしは、十字架を見つけたところで、さすがに一等にはなれないだろうと思った。せいぜい、ビリになりませんように、といったところだ。だけど、他に願うとしたら……。たとえ、嵐を起こせるくらいの強い力を持っているとしても、死んだ人を生き返らせるのは無理なのだから、特に願いたいことは思い浮かばなかった。この頃にはもう、文香たちのグループに入りたいとも思っていなかった。

お母さんとおばあちゃんが元気でいられますように。そんなことくらいだったはずだ。

わたしたちは十字架探しを再開した。いや、わたしは熱心に探すめぐみを見ていたと言った方が適切かもしれない。たっぷり一時間かけてすべて確認したはずなのに、十字架を見つけることはできなかった。

——やっぱり、ただの伝説だったのかもしれないし、あったとしても、雨や風にさらされて消えてしまったのかもしれないよ。

わたしはなぐさめるように言った。

——でも、観音様の形はちゃんと残ってるんだよ。

めぐみはそう言って、一度調べた石の裏側などものぞき始めた。こんなに夢中になっているのだから、めぐみのために十字架を見つけたいと思った。近すぎてはいけないのかもしれない。わたしは観音様の石の並ぶ山頂を、三百六十度、バレリーナのように一回転して見渡した。それから、山裾を眺めながらさらに一回転。めぐみの家、わたしの家、わたしたちが通ってきた道、登山道……、松明を持って山を登ってくる役人たち。暗闇の中に浮かぶ炎の帯は、山をせり上ってくる蛇のように見えなかっただろうか。

蛇から逃れるためにはどこに身を潜めたらいいだろう。待てよ、蛇は一匹だったのだろうか。登山道として整備されている道は一本だけど、海側の斜面からも尾根沿いに登りやすそうに見える。登山道は西の方角、海側の尾根は北東の方角、その二本のルートから身を隠すには、南南東がいいのではないか。

看板の順路を無視して、わたしはお堂からまっすぐ南南東に向かって進んでみた。

——どうしたの、千晶ちゃん。

めぐみはそう言いながらついてきた。石にぶつかり、その先があれば回り込み、南南東側の一番奥まったところにある石の裏側を覗きこんでみると……。

——あった！

二十センチほどの長さの十字架が表の観音様よりもくっきりと彫りあげられていた。わたしたちは抱き合って喜び、石の裏手にまわった。千晶ちゃん、すごいよ、とめぐみは何度も繰り返した。めぐみと並んで十字架に向かって手を組み、目を閉じた。めぐみと親友になれますように……。わたしはそう願った。

「願い事、叶った？」

志穂が言った。日は完全に落ちてしまい、もう互いの表情を見ることはできない。雨音がまったく聞こえなくなったことが、救いだ。

「めぐみちゃんは夏休み明け、九月の運動会の徒競走で一等になって、景品の消しゴムをもらったよ」

色褪せた体操服を着ためぐみは、かなりの激戦が予想される組で、ゴール直前に文香をかわし、わずかな差でテープを切った。その瞬間、退場門の辺りで、キャーという甲高い声が響いた。金髪のマリリン・モンローみたいな髪型で、豹柄の丈の短いぴちぴちとしたワンピースを着たおばさんが、缶ビールを片手に、めぐみに大きく手を振っていた。ママがおててを振ってるよ～、と文香がバカにするようにささやくのが聞こえ、わたしはおばさんの姿をもう一度確認した。おばさんは別の学年の先生に注意され、怒りながら缶をほうり、どこかへ行ってしまった。

「めぐみちゃんは本当に、徒競走で一等になれますように、ってお願いしたのかな」

志穂が言った。

「どうして、そう思うの？」

「なんとなく……」

例えば、志穂を石の十字架のところに連れていったら、何を願うだろうか。想像はできるけれど、それを確認することはできない。

「ママもそう思った。だけど、聞けなかった」

「どうして？」

「言葉は知らないうちにナイフになる、ってことはわかってるのに、どの言葉がナイフになって、どの言葉がならないか、区別することはできなかったから。これは大人になった今でもできない」

「なんか、わかんないようで、わかるな。……ママの願い事は叶ったの？」

「叶ったと思ってたよ。山登り以来、二人でいるのがもっと楽しく思えたもん。残りの夏休みも一緒に学校のプールに行ったり、海水浴に行ったり、一度だけだったけど、うちに泊まりにきてくれたり、親友になれたと思ってた」

「なんか、へんな言い方」

「そうだね。もう一つの十字架を見つけちゃったから」

十字架の話はまだ終わりではない。


運動会の翌週だった。

運動会の絵の下書きが図工の授業中に終わらなかった子は、その日のうちに仕上げなければならず、わたしもめぐみも、放課後、自分の席で画用紙に向かっていた。クラスの半数くらいが居残りをしていた。運動神経だけでなく、絵ごころもないわたしは、描いては消し、描いては消し、の繰り返しで、さっぱり進まず、画用紙の上に消しゴムのカスがたまっていくばかりだった。

めぐみを見ると、颯爽《さっそう》と走れる彼女も絵はわたしとどっこいどっこいなのか、鉛筆よりも消しゴムを持っている時間の方が長かった。

そこに、姿の見えなかった文香が教室に入ってきた。普段はわたしと同様、めぐみに対しても存在しないかのような態度をとっていたのに、そのときは、めぐみの席の前で足を止めた。

――普通さあ……。文香の後ろには三人の取り巻きもいた。

文香が教室中に聞こえるように、声を張り上げて言った。

——運動会でもらった景品って、記念にとっておかない？　それを使ってるってことは、よっぽど自慢したいか、貧乏かだよね。

みんな平等主義の今の学校では考えられないことだろうけれど、景品の消しゴムの白いカバーには金色で「一等賞、おめでとう」と印刷されていた。

文香に続き、取り巻きが勢い付いて言った。

——仕方ないじゃん。消しゴム買ってもらえないから、必死で走ったんだもんね。でも、前から疑問に思ってたんだけど、お母さんはいっつも派手な服をとっかえひっかえ着てんのに、どうして、めぐみは毎日おんなじ服着てんの？　あたしの席まで臭ってくるんですけど〜。

許せない、とわたしが立ち上がったときだ。

——こんなカバーはずしておけばいいじゃん。

文香が消しゴムのカバーを破り捨てるようにはがした。そして。

——何これ、気持ち悪い！

そう言って、消しゴムを取り巻きたちに見せると、床の上にほうった。

——呪《のろ》いの儀式じゃない？

取り巻きの一人が言い、手を叩きながら、ネクラコールを始めた。文香、取り巻き、見ていた子たち、あっというまに教室中がネクラコールに覆われた。

めぐみは座ったまま、両手を堅く組み合わせ、肩をふるわせながらうつむいていた。

わたしはめぐみのもとに駆け寄り、そのままの勢いで文香をつきとばした。

文香はギャッとおかしな声をあげて尻もちをつき、取り巻きが、大丈夫？　と大袈裟《おおげさ》に取り囲んだ。ネクラコールが止んだ。先生に言うからね、と文香がわたしを見上げてすごんだ。

──じゃあ、わたしも、あんたがめぐみちゃんの消しゴムのカバーを破ったことを言うからね。

文香が顔をそむけて、教室から立ち去るまで、目をそらさず、まばたきもしなかった。

──大丈夫？

うつむいたままのめぐみに声をかけて、消しゴムを拾った。そうして、気付く。

消しゴムのカバーに隠れていた部分には、十字架が彫られていた。

「めぐみちゃん、やっぱり、もっと深刻な悩みがあって、助けを求めていたんだよ」

暗い部屋の中に志穂の声が響く。水面に反響して、エコーがかかったように聞こえるのだろうか。助けを、助けを、助けを求めていたんだよ……。

「誰に？」

「十字架に……」

「わたしはそれが悲しかった。運動会の景品ってことは、確実に、二人で白綱山に登ったあとで彫ったってことでしょ。一緒に夏を過ごして、すっかり親友になれたと思っていたから、新しく十字架を彫らなきゃならないほど救いを求めていることがあるんだったら、わたしに相談してほしかった。とても悲しかった。悲しくて、帰り道で二人きりになった途端、タガが外れて、思っていたことをぶちまけてしまったの」

もしかすると、わたしの言葉はナイフになるかもしれないのに。

わたしのお父さんは仕事に疲れきって、会社に行けなくなってしまった。お母さんはお父さんに、がんばって会社に戻ってほしいと頼んだ。お父さんは、会社を辞めて、みんなで白綱島に住もうと提案した。お母さんは、そんなところで幸せになれるはずがない、と泣きながらお父さんに訴えた。大変なのはお父さんだけじゃない。しんどいのはお父さんだけじゃない。会社から逃げ出したい、働くことを放棄したい、って思ってる人はたくさんいるはずだ。だけど、みんながんばってる。子どものために、家族のために、がんばってる。だから、お父さんも逃げないで。わたしたちのために。

お父さんは自殺した。お母さんは自分のせいだって泣いた。

どうしてお母さんのせいなのか、わからなかった。お母さんは悪いことは言ってないのに。でも、疲れている人に「がんばれ」って言っちゃだめだったんだって。わたしにはそれがわかるようで、わからない。だって「がんばれ」って応援の言葉じゃん。お母さんが白綱島に住むことを反対しなければよかったのかもしれない、とは少し思ったこともあるけれど、だからといって、悪いのは、絶対にお母さんじゃない。だって、今わたしが生きていけてるのは、お母さんが働いてお金を送ってくれているからだもん。自分の親がいないから、こっちのおばあちゃんにわたしをあずけて、一緒に暮らせるようにがんばって働いてくれている。

でも、お母さんとわたしを置いて、自殺したお父さんが悪いとも思わない。どっちかが正しければ、どっちかが間違っているわけじゃないと思う。

隠れキリシタンはかわいそうだけど、役人は山崩れにあって当然の悪者じゃない。ナイフになる「がんばれ」と、ナイフにならない「がんばれ」なんて、最初から区別できるわけがない。思いを込めてはなった言葉が、受け取る人の気持ちで、ナイフになったり、ならなかったりするのなら、何にも言わないのが一番いいってこと？

黙って寄り添うなんて、意味がわからない。

悩みを打ち明けあえるのが親友で、できなければそうじゃない、ってことも決してそう言いきれないとは思ってる。だけどもし、打ち明けられないのが、恥ずかしいっていう理由からなら、もう話してくれてもいいんじゃないの？　わたしは全部さらけ出したんだから。

わたしなんか、何の役にもたたないかもしれない。どうにもならないことがあるってことは、わかってる。何も変わらないかもしれない。

だけど、そのときは、わたしも一緒に十字架を彫って祈るから、一人でそんなことをしないでよ——。

「めぐみちゃん、打ち明けてくれた？」

志穂の声には涙が混ざっているようだった。ずるい母親は、わが子に面と向かって言えないことを、親友とのエピソードに重ねて、訴えようとしているのかもしれない。

「うん」

「解決できた？」

「子どもだけじゃどうにもできなくて、おばあちゃんが地域の民生委員の人にかけあってくれたりしたけど、そう簡単にはいかなかった。その後も同じところに住んでいたから、お母さんとの関係を悪化させただけかもしれない。余計なことをしたかもって、後悔したこともある。今でも、あれが正しかったのかどうかはわからない」

「めぐみちゃんって、今……、えっ？」

志穂が言葉を切った。台所の窓の外から光が差し込んできたからだ。ライトの明かり、すぐ外に人がいる。

「志穂、こっちに移って」

わたしは志穂の手を引いて、シンクからテーブルの上に移動させた。あいたシンクの上にわたしが乗る。引き出しからすりこぎ棒を取り出し、破片が飛び散らないようにタオルケットでガラスを覆ってから、水が届いていない窓の上部を割った。

割れ口から外の音が流れ込んでくる。わたしは息を吸い、声を張り上げた。

「助けてください！　子どもと二人、閉じ込められています。助けてください！」

「助けて！」

テーブルの上で志穂も叫んだ。助けて、助けて、助けて！　と何度も繰り返す。

テーブルに移り、毛布の上から志穂を思い切り抱きしめた。

「助けてください！」

腹の底から声を絞り出した。

「大丈夫ですか？」

玄関からオレンジ色の雨合羽《あまがっぱ》を着た男性が二人、ざぶざぶと泥水を搔き分けながらやってきた。ヘッドライトがまぶしい。役場からの要請できた、消防署の救助隊だという。

「外にボートを用意しています。ケガはありませんか？　ご自分で移動できますか？」

「大丈夫です」

そう答え、志穂は背負ってもらい、わたしは自分で歩いて家の外へ出て、ゴムボートに乗せてもらった。

辺り一帯が泥水に沈んでいた。降雨量のピークと満潮の時刻が重なり、徳丸川が氾濫したのだ。白綱島にこの規模の台風がきたのは、七十二年ぶりらしい。初めてではなかったことに驚いた。だから祖母は懐中電灯や非常食などの準備をしていたのか。家の玄関をふさいでいたのは、十メートル以上離れたところにある、地域のゴミ回収用の、鉄製のコンテナだった。

水かさが下がるにつれて粘度が高くなるためか、ひとかきずつ、水面に残るオールのあとが濃くなっている。下水道の整備がおこなわれていないため、息を止めたくなるような匂いが漂っている。民家の屋根の上に避難している人たちから、次はうちに来てくれ、と声があがる。別のところからも、ボートがやってきた。公民館が避難所になっていて、着替えやおにぎりも準備されているという。

サイレンの音は、遠近、東西南北、いたる所で響き、途切れることはない。川沿いの地域の浸水も大変だけど、山の麓《ふもと》の地域では、土砂崩れに巻き込まれた家もあるそうだ。

それなのに、どうしてこんなに早く救助されたのだろう。

「古田《ふるた》さんという方が通報してくださったんです。川沿いの平屋に住んでいて、家の電話もケータイも繋がらないから、様子を見に行ってほしいって」

救助隊の人が教えてくれた。古田さん……、めぐみの今の名字だ。

めぐみとはそれほど長い年月を一緒に過ごしたわけではない。中学生から、母と過ごすため、わたしはK市に戻った。白綱島で過ごしたのはたったの二年間だ。言葉の使い方がわからないわたしは、手紙を書くのが苦手で、気がつけば年賀状だけのやり取りになっていた。その後、白綱島を訪れたのは、十七年前に祖母が亡くなった際、一度きりだ。めぐみは葬儀に来てくれていたけれど、話せてはいない。

心ない言葉によるクラスメイトからのいじめが原因で、不登校になった志穂を転校させることに、夫は反対しなかった。しかし、夫の通勤圏内にある別の学区ではなく、夫の実家でもなく、母の住むK市でもなく、白綱島に行きたいと言った際には、難色を示された。頼れる人は誰もいないのに、と。

わたしも上手くは説明できなかった。父を亡くした後に住んだところが白綱島でなかったら、今の自分はいないかもしれない。そんな漠然としたことを伝えただけだ。しかし、夫は自分なりに、体験したことのない島での暮らしを想像し、穏やかな気候の中、自然に囲まれ、のんびりした人たちと過ごすのは、志穂にとって悪いことではない、と解釈したようだ。幸い、祖母の家も残っていたし、志穂自身が、行ってみたい、と口にした。

今年の春、わたしは五年生になる志穂を連れて、白綱島に越してきた。

しかし、現実はそれほど甘くはない。志穂は最初のひと月ほどは普通に登校できていたものの、お腹が痛い、足がつるような感じがする、などと言っては、朝、布団から出てこれず、週に二日は学校を休むようになり、この七月に入ってからは、一日も登校できていなかった。担任によると、クラスメイトはみんな、志穂に優しく接していたという。きっと、他人にはわからない小さなトゲが刺さってしまったのだろう。

ただ、一日中、家にこもっているわけではない。小さな畑の世話をするのはきらいではないらしく、一緒に耕して、苗を植えると、そこからは毎日、自分で草取りと水やりを行い、観察日記もつけていた。越してくる前よりも口数が増え、歌を口ずさみながら作業をしていることもあった。

がんばって学校に行ってみよう、とは言わなくていい。しばらくは二人でこんな生活を続けてみようと思っていた。そして。

めぐみもそうすることに賛成してくれていた。

家庭があり、島の造船所にも勤務しているめぐみとは、越してきてからまだ一度も会っていない。電話やメールのやり取りもそれほど頻繁にしているわけでもない。離れて暮らしていたときとさほど変わらないつき合いだ。

あの頃のことをどう思っているのかも、聞いていない。わたしのことをどう思っているのかも、わからないままだ。だけど、志穂のことはめぐみに相談したかった。わたしが白綱島を選んだのは、めぐみがいたからではないかと思う。

「ママ、助けてもらえてよかったね。これのおかげかな」

志穂が毛布の隙間からちらりと石けんをのぞかせた。ずっと、大事に握りしめていたようだ。助けてほしい、と祈りをこめて彫った十字架。かたちにしたのは十字架だけど、その向こうにわたしは別の姿を見ていなかっただろうか。もしかすると。

消しゴムに彫った十字架にも、その向こうに別の姿は……、なかっただろうか。彫りながら、わたしの姿を思い浮かべてはくれなかっただろうか。どれだけわたしはずうずうしいのだろう。

「助かったのは、めぐみちゃんのおかげだよ。それから、大声で助けを呼んでくれた、志穂のおかげ。避難所についたら、まずは、それで手を洗おうか」

志穂もわたしもからだじゅう、泥だらけだ。二人分、洗い終わった頃には、十字架のかげもかたちもなくなっているに違いない。

光の航路

「被害者はむしろ、うちの碧《みどり》のほうじゃない」

深田《ふかだ》碧の母親から出た言葉は、予測できないものではなかった。事前に連絡を入れて訪れた娘の小学校の担任教師を玄関のたたきに立たせ、自分は三十センチ高いところから、両手を腰に当て、相手を見下ろしているのだから。

いじめの加害者の親は我が子の犯した行為を決して受け入れようとせず、隙あらば立場を逆転しようと試みる。

いじめのニュースがマスコミで大きく取りざたされると、芸能人や文化人が「自分もいじめられた過去を持つ」と語る場が目に留まるようになるが、いかがなものかと僕は思う。

今まさに苦しんでいるいじめの被害者に、己の体験談を得意気に披露してどうする。いじめられるのは個性があるという証拠だ、などと励ましてどうする。被害者でよかった、と思う子どもなどいるはずがないではないか。いじめに耐えた自分はこんなにも立派な人になりました、だからきみも負けないで、とは我慢しろということなのか。被害者に、被害者のままでいろ、と言っているだけではないか。

それが何の救済になると、解決になるというのだろう。

いじめの被害者だった者だけが、加害者や教育機関を糾弾する権利を持つ、とでも勘違いしているのだろうか。いや、おそらく大半の人たちは、辛い思いを抱えている被害者の気持ちに寄り添い、懸命に励まそうとしているに違いない。

しかし、その風潮を、我が子を正当化する誤った方法として利用する親も存在するのだ。こちらが優位に立つには、被害者になればいいのだ、と。

「悪口を言った、持ち物を隠した、突き飛ばした、挙げ句のはてにはあんな恐ろしいことまで……。碧は全部否定しているのに、やったと決めつけられて一方的に加害者扱い。被害を受けたって主張している子の言い分だけ信用する、根拠はあるの？」

「目撃者が複数いて、碧さんがやったと証言しています」

「何ですって……。誰と、誰と、誰が言ったのか教えなさいよ。どうせ、皆、子どもでしょ。碧を陥れたその子たちの行為こそ、いじめじゃない」

いじめ、僕はこの言葉を使うのにも抵抗がある。誹謗、中傷、窃盗、暴力、行きすぎたこれらの行為は大人がやれば犯罪とされるのに、子ども同士で起きれば、平仮名三文字の重みのない言葉で誤魔化される。せめて、漢字で「苛め」「虐め」と表記すれば、子どもでも、人として誤った行為であることを強く認識できるかもしれないが、いじめ、では意地悪の延長くらいにしか受けとめることができないのではないか。

自分は犯罪者だったと公言する有名人はいないのに、自分はいじめっ子だったと平気な顔をして口にする有名人が、いじめ問題が大きく取り上げられる前には、複数存在していたことが、言葉の軽さを証明している。

「まあ、親のコネで教師になったような人が担任じゃ、いつかこんなことが起きるんじゃないかと心配していたのよ。コネといっても、お父さんについてもあまりいい評判は聞かないし。これ以上、うちの碧に言いがかりをつけるのなら、こちらも弁護士を立てて争う覚悟はありますからね」

今日はこれで終了しなければならない。「弁護士」「警察」「マスコミ」といった、問題をむやみに肥大化させようとする言葉がでたら、検討し直します、と相手をなだめて切り上げるように上から言われている。

そろそろ碧が部活を終えて帰ってくる時間だ。僕がまだいると、被害者面しながら母親に抱きついて泣くはずだ。帰る理由ができたことに、ホッとした。

まったく打開の糸口を見いだすことのできない家庭訪問だったが、解ったことが一つだけある。深田碧があの親の子である限り、いじめがなくなることはないのだろう。

海辺の駐車場から、坂の上の深田家を振り返る。海に沈む夕日を眺めることができる高台に建つ、屋根も壁も真っ白な、島には珍しい今どきの洒落たデザインの家だ。父親は歯科医で、母親の兄は県会議員をしている、島内セレブといったところか。瀬戸の海を毎日見ながら過ごしても、穏やかな気質になるわけではなく、白い家に住んでいても、腹の中は真っ黒い。白い家を夕日が照らす……。

近頃島内で多発している放火事件が、今度はこの家で起きてくれたらいいのに。

バカなことを、と首を振って車に乗り、西の海岸線を走る。学校に戻って報告しなければならない。弁護士を立てて争うって言われました。いつからこんな言葉が当たり前に使われるようになったのだろう。

では、こちらは警察に、とは言えない。学校が恐れるのは、校内の問題が外部に発覚することだからだ。ネット社会の今の時代、あらゆる問題において学校側の負け戦は確定している。だから、加害者の親も強気に出る。

僕が小学生の頃、こんな小さな田舎の島の小学校にいじめなどあっただろうか。

県の教員採用試験に合格後、最初に配属されたのは、県内では二番目に人口の多いF市のニュータウンにある小学校だった。この少子化のご時世に一学年八クラスある規模の大きな学校で、特別大きな問題を抱えることなく五年間を過ごした。昨年、生まれ故郷である白綱島《しらつなじま》に帰り、白西小学校に赴任することになったのは、僕が異動願いを出したからだ。

　通常、希望通りの場所に配属されることはまずない。しかし、過疎化が進む島に好んで赴任したいと願う人はなく、自分の意志とは無関係に配属された人たちは、まるで島流しに遭ったような思いで一年でも早く異動できることを願うため、僕の希望はすんなりと受け入れられたのだろう。むしろ、歓迎されたのではないか。

　僕が島に戻ってきたことに、切羽詰まった理由はない。父を早くに亡くしているため、近所のおばさんたちからは、公務員になって地元に帰ってくるなんて親孝行ね、などとよく言われるが、母は僕の助けが必要なほどからだは弱っていないし、経済的にも困っていない。趣味のフラダンスに没頭し、僕が家にいようがいまいがおかまいなく、コンクールだ、交流会だ、と島外にしょっちゅう出かけている。

　僕も家事がからきし出来ないわけではないので、母が出かけることに文句はない。むしろ、父の死後、今年でちょうど二十年、女手一つでここまで育ててくれたのだから、好きなことをしてくれている方がこちらも嬉しい。逆に、僕の方は母に心配を出来る限りかけないよう心がけている。

　島で生まれ育ち、大学も県内の山奥にある公立に進んだ僕にとって、島は不便な場所ではない。家賃や生活費の分だけ貯金ができるし、いずれは帰るつもりでいたのだから、早いに越したことはない。

東京に就職した学生時代の友人から、閉塞感で息苦しくならないのか、と訊かれたことがあるが、それこそ島に対する偏見だ。近所のおばさんがたまに見合い話を持ってくるのが、最大の干渉に当たるが、もうちょい美人で、と返せる関係は長年の付き合いで築けている。そういう面でも、地元はいい。それに……。

僕の前任校は、何も問題を抱えていないわけではなかった。たまたま、僕が問題のあるクラスに当たらなかったというだけだ。学校で何か問題が起これば、世間は皆、教師のせいにしたがる。クラス単位の問題なら担任の資質が、学校単位の問題なら校長の資質が問われるが、誰が受け持っていても、問題は起きていたのではないかと、僕は思う。

他人を傷付けることにためらいのない子どもは、必ず存在するのだから。

僕が受け持った五年生のクラスでも、いじめはあった。ただ、僕が気付く前に、被害者の親が気付き、加害者の家に直接乗り込んで話し合いがついたため、僕の出る幕のないまま、解決したというだけだ。

しかし、この加害者Aはよその大人に怒られて、いじめは悪いことだと認識し、心を入れ替えたわけではない。被害者Bはおとなしいのに、親は予想外に怖い人だったため、Bをいじめてはならない、と学習しただけだ。親からも、Bには二度と意地悪をするな、という注意しか受けていない。だから、Bには優しく接し、次のターゲットを探すようになる。

誠意をもって話せば思いは必ず伝わる、なんて言葉を信じてはいけない。

学年が変わり、僕はAの担任を外れてホッとした。

Aは新しいクラスになってひと月もたたないうちにCというターゲットを見つけ、じわりじわりと危害を加えていった。臭い、キモい、と悪口を言ったり、廊下で足をひっかけたりするのは、まだいじめの範疇に入るのかもしれない。しかし、家から金を持ってこさせたり、万引きを強要するのは犯罪だ。世間ではどちらも、いじめ、と呼ぶのだが。

Aのクラス担任になった、H市内出身の僕の三年年上の先輩は、教育熱心で、普段から子どもたちをよく観察していたため、いじめにも夏休み前には気付くことができた。しかし、Aの親は我が子の悪行を認めようとしなかった。Bの親にあっさりと折れたのは、Bの親の方が年上で、かつ、その地域では力を持っていたからで、地域に影響力のない自分より年下の教師には折れる必要がないと判断したのだろう。

他の児童の目撃情報など信用しない。証拠を提出しない限り認めない。そう言いきるAの親に、先輩はAがCから教室で金を受け取っている写真を撮り、突きつけた。結果、先輩は盗撮で訴えられることとなる。

時を同じくして、先輩は交通事故に遭ってしまった。夜道を歩いて学校から自宅アパートに向かっていたところ、乗用車が歩道に突っ込んできたのだ。酒気帯び運転だった。運転手は現行犯で逮捕されたが、先輩は両足を骨折、全治六ヶ月という大けがを負った。そんな酷い目に遭ったというのに、見舞いに行くと、先輩の表情はいつもより穏やかだった。

——俺が自殺すれば解決するのかな、なんて思ってたんだ。だから、今回の事故は自業自得だな。だけど、これでしばらく、あの親子から解放される。

先輩の言葉に僕は何も返すことができなかった。

結局、Cは夏休みのあいだに母親の田舎の小学校に転校し、二学期が始まると、Aは私立中学受験を意識しておとなしくなった。そして、先輩の病室にはAの名前で大きなバラの花束が届けられる。先輩は受取りを拒否したが、上からの命令で、病室に飾り、礼状まで書かされて、一連の騒動は話し合いで無事解決したことになった。

同じAという児童を受け持った僕と先輩に、教師としての資質の差はない。運の良し悪し、それだけの違いだ。悪いくじを引いてしまう前に、平和なところに避難しておこうと思ったのが、白綱島への異動願いを出した一番の理由だ。

生まれ故郷に転勤が決まったことを報告すると、先輩も言ってくれた。

——賢明な判断だな。同郷者を大切にしてくれそうだ。俺も人情味溢れる田舎で生まれたかったよ。

照れ笑いを返した僕は、なんて愚かだったのだろう。

校長も学年主任も、弁護士、と聞いて顔を思い切りしかめた。僕の態度が悪かったのではないかと責められ、明日、朝一番に謝罪の電話を入れるよう、命令を受けた。その場から解放されたい思いだけで、解りました、と答えて帰宅したが、何を謝らなければならないのか。

いじめの加害者の親に、不当な謝罪や慰謝料を要求したわけではない。子どもがいじめの加害者であることを伝えただけなのに。

深田碧は勉強もスポーツもよくできる、クラスのリーダー的存在だ。ただ、本人にもその自覚があり、常に他人を意識しているところが、やっかいそうだとは思っていた。小学生のうちは才能よりも努力の方が結果に表れやすい。公立小学校で行われるテストなど、日頃、授業をきちんと聞いて、与えられた宿題をこなしていれば、簡単に百点がとれる。

スポーツも、運動会の徒競走はなくなり、体育の時間のマット運動は高学年でも前転と後転ができればよし、走り高跳びは挟み跳び以外は禁止、などと誰でもできるようなことだけをやるのだから、はりきった者勝ちだ。

しかし、六年生になると、おとなしい児童の中から、無意識の中に押しとどめられていた資質が顔をのぞかせるようになる子が出てき始める。深田碧から危害を加えられている三浦真衣《みうらまい》がそのタイプだ。五十メートル走を複数で走るとたいしたタイムは出ないのに、一人で走ると学年女子の最高タイムを出す。

自習課題に誤って三学期に使用する漢字プリントが配られたときも、真衣だけが全部正しく書けていた。だが、真衣は自分ができることをひけらかさない。休憩時間の遊びからお楽しみ会の出し物まで、口を挟みたがる碧に対しても、おとなしく従っていた。なのに、碧は真衣の何が気に入らず、あんな酷いことをしたのだろう。

真衣は、碧とその仲間たちに、閉鎖された造船工場の跡地に残る倉庫に一晩中閉じ込められて以来、家から一歩も出られなくなってしまった。もちろん、学校へも来ていない。

碧の仲間たちは、碧に提案されてそれに乗ったことを打ち明けた。修学旅行のときに真衣が、暗いところもおばけも怖くないと言っていたので、本当かどうか確かめてみようと碧に言われた、と。だけど、真衣も悪いと思う。だって、本当は怖いくせに嘘をついたんだから、とも。

反省した様子は見られなかったが、悪いことをして怒られているという自覚はあるようで、自分たちがやったことをすべて打ち明け、自分がされてイヤなことはもうしません、と真衣に謝罪の手紙も書いたため、真衣の両親から了承をもらい、これでよしとした。

それぞれの親も、我が子が悪気なくやったことが、行きすぎた行為だと自覚したようで、僕に謝る親もいたし、僕の前で子どもに怒鳴りつける親もいたが、真衣や真衣の親に謝罪したい、と言ってきた親はいなかった。こちらから謝罪を要求すると、謝るので、このことは公にしないでくれ、と涙ながらに訴えてくる親もいたし、代わりに見舞いの品を送る、と言い出す親もいた。いずれもどうにか常識の範囲内だと思えた。深田碧の親を前にすれば。

碧は何もやっていない。碧は悪い友だちに利用されているだけだ。碧こそが被害者だ……。

この段階で僕が謝罪をしてしまったら、三浦真衣に対するいじめの問題は解決できなくなるのではないか。だが僕には、それを回避する方法が解らない。

真衣の両親は学校を介した和解を望んでいる。腹わたが煮えたぎるような思いはある。だが、島で暮らしていく以上、加害者をきつく罰するのではなく、長期に渡って平穏に過ごせる手段をとってほしい、と。その思いは、痛いほど理解できる。とはいえ、非を認めない者とどう和解できるというのだろう。

故郷に戻ってきたというのに、僕には相談できる相手がいない。

母ですら、今日はフラダンス仲間との旅行に出ている。いや、母には言えない。食欲はないが、母が作り置きしてくれているハンバーグを食べておかなければ。明日帰ってきたときに心配されると困る。

その前に、仏壇に線香を供えなければならない。


父が亡くなって二十年、毎晩、夕食前に仏壇に線香を供えるのが我が家の習慣だ。通常は朝にするべきなのかもしれないが、母はスーパーでの仕事に、僕は学校に、朝食後すぐに出て行かなければならないため、火が付いたままの線香を残しておくことに抵抗があったのだ。それに加え、父へ手を合わせるときには、お願いをするのではなく、感謝をしなければならないという、母の考えが大きく作用している。

朝、手を合わせるとどうしても、今日も無事過ごせますように、などと願い事をしてしまうが、夜だと、今日も無事過ごせました、と自然に感謝の気持ちを表すことができる、という。

母のいう父への感謝は、天から見守ってくれているといった漠然としたものではない。父が教師という職業に就いてくれていたおかげで、父が亡くなり、母子二人きりになっても、周囲の人たちから親切にしてもらえるのだ、と母は折に触れ、僕に言い聞かせてきた。

――お父さんにお世話になりました、と言ってくださる人たちに、わたしたちは支えられているのよ。

確かに、母子家庭のわりには子ども心にそれほど経済的に苦しいと感じなかったのは、父が公務員であってくれたおかげだ。大学に進学できたことも。その影響を受けて、教師という職業を選んだとも言える。

しかし、教師として父はどうだったのだろう。僕は母の言うような、父にお世話になったという人に出会った記憶がない。それどころか今日は、深田碧の母親から父をネタにされた。深田母の言うことなど信用できないが、仏壇に向かっても感謝の気持ちは湧いてこない。

父は中学の教師をしていた。深田母がそれを知っているのは、深田父が僕の父の教え子だったからだ。父が教師だったというだけで僕をコネ採用と決め付けているが、二十年も前に病死した管理職でもない教師にどんな力があると思っているのだろう。とにかく言いがかりをつけたいだけではないのか。それとも、長年の恨みを晴らそうとしているのか。

父は中学生の深田父を殴ったことがあるらしい。そこだけを強調し、殴られた理由を言わないのは、きっと、ろくでもないことをしたからに違いないのだが……。

小学校と中学校という違いはあるが、もしも父が生きていたら、僕は今回の問題を、父に相談しただろうか。父は何と答えてくれただろうか。

他人の痛みを解らないヤツには、一発殴ってやればいいんだ。

そう返ってくるような気がする。いっそ殴れたら、と胸の内で拳を握りしめたことは何度かある。言葉が通じない者には殴ってもいいのではないか。そうすれば、他人を傷つけてはならない、という当たり前のことを理解できなくとも、悪さをしたら痛い目に遭う、と自己保身のために悪い行為を抑制するようになるはずなのに。

しかし、これが許されないのが、今の教育現場だ。仮に、悪い行為に対して段階的に罰則が設けられ、もっとも重い罰として、教師が殴ることを行使するのが許されるとしても(どこからだ？　文部科学省か、教育委員会か)、ひと悶着あるはずだ。

うちの娘を殴る権利があるほど、あなたは正しい人間だというのですか？

深田母ならこんな言い方をしそうだ。確かに、僕は生まれてこの方、一度も悪さをしたことがないわけではない。嘘をついたこともあるし、けんかをしたこともある。

こちらが一方的に突き飛ばして、擦り傷ではあったが、相手にケガをさせたこともある。そのとき、父から殴られた。僕としては反論したいこともあったが、殴られたショックで何も言えなくなってしまった。

やはり、教育現場において、殴ることはいかなる事情があっても、却下だ。

いっそ、僕が何者かに殴られて、半年ほど昏睡状態に陥れば——。

パチパチと木がはぜるような音が聞こえたことは憶えている。火事か、と思ったものの、からだ全体、頭の先までぐったり重く、夢でも見ているのだろうと、再び眠りに落ちた。

次に目を覚ましたとき、僕は病院のベッドの上にいた。ベッドの脇には心配そうに僕を覗きこむ母の顔があり、母さん、と声をかけると、涙を拭いながら僕の意識が戻ったことを喜んでくれた。

母が言うには、我が家は放火の被害にあったらしい。家の裏庭から火が上がり、真横にある僕の部屋に燃え移ったそうだ。僕のからだは右腕に包帯が巻かれているものの、軽い火傷で済んでいた。ただし、煙を大量に吸い込み、丸一日、眠り続けていたという。家は全焼には至らず、仏壇や居間にある本棚や飾り棚も無事で、一週間かからない修復工事でまた住めるようになるそうだ。

母は二軒隣に住む従姉の家に泊めてもらうことになり、僕は検査を含めて、計四日間入院することになった。土日を挟むため、仕事は二日休むだけだ。

午後の時間を久しぶりの読書に当てていると、一人きりの病室に来客があった。

体格が良くしっかりと日焼けした……、見覚えのない男性だ。僕より少し年上に見えるが、いったい誰だろう。

「初めまして、僕は畑野《はたの》忠彦《ただひこ》といいます。大崎《おおさき》先生、あ、お父さんの教え子です」

そう自己紹介され、メロンの箱を受け取った。

畑野さんはH市に住んでいて、新聞で放火事件のことを知り、自宅を訪ねて来てくれたらしい。父が死んでいることを知らなかったのだろうか、と申し訳ない思いで問うてみると、父が亡くなる二年前に担当していたクラスの生徒で、葬儀にも参列した、と言われた。命日には毎年、墓参りをしてくれたり、できないときは花を送ってくれたりしているそうだ。

「解りました。中学の教師をされているんですよね。父の仏壇に、採用試験に受かった報告をしに来てくれたって、母から聞いたことがあります」

「一度伺わせてもらったところだから、いてもたってもいられなくなってね。航《わたる》くんとは初対面だけど、お母さんから小学校の教師をしているって聞いて、ぜひ会ってみたいと思って来させてもらったんだ。療養中なのに、申し訳ない」

「いいえ、こちらこそ、わざわざ橋を渡ってきてもらって、すみません」

「いや、嬉しいよ。航くんはお父さんにそっくりだから。教師になったのは、やっぱり、お父さんの影響？」

「そうですね、安定した職業だと思って」

「お父さんみたいな教師になりたい、って思ったからじゃないの？」

「父が死んだ時、僕はまだ十歳でした。中学校の教師をしていることは知っていても、どんな先生かまでは解らなかったので、父が理想ってことはないです。あの当時の人だからか、生徒に手を挙げたこともあるみたいだし、お手本にしちゃいけませんよね」

「とんでもない。大崎先生は僕が心から尊敬する教師なんだ。手を挙げたことにも、ちゃんと理由がある」

活発そうな印象から、一発殴られたことのあるタイプかも、と笑い話のような意味合いで手を挙げたことを言っただけなのに、真剣な顔で反論された。少し引いてしまう。

「父のことは好きでした。でも、そんなに立派な人だと思ったことはありません。僕自身、一度殴られたことがあるけど、あれについては、未だに納得できてないですし」

「先生が航くんを、どうして？」

信じられない、という顔をしている。本当に、父のことを尊敬しているのだろう。父は生徒に日常的に手を挙げていたわけではないのかもしれない。

「同級生を突き飛ばして、ケガをさせてしまったんです。確かに、それは怒られて当然のことだけど、理由くらい聞いてくれてもよかったんじゃないかなって」

「どんな理由？」

「改めて語るとなると、くだらないことですけど、進水式です」

僕は畑野さんに、あの日の出来事を話すことにした。

白綱島は一九六〇年代後半から八〇年代前半までは造船業で栄えていた。同級生の父親の七割が造船業に就いていたほどだ。造船会社が主催する運動会やコンサートなどのイベントも盛んに行われており、それらの行事に参加できない僕は、父が教師であるのを残念にすら思っていたことがある。

しかし、造船会社のイベントの中には、父親が勤務していなくても参加できるものがあった。その中で一番華やかな催しが、進水式だ。とはいえ、僕が物心ついた頃にはすでに国内の造船業に陰りが出始めていたため、進水式を見に行くことができたのは、たったの一回だ。

小学三年生の秋、最初で最後の進水式。

島内最大の造船所の新造船部門は、この進水式を最後に廃止されることが決まっていた。進水式のポスターは町中の至るところに掲示され、同級生のほとんどがその日を楽しみにしていた。僕も父と母と三人で見に行く約束をしていたので、父親が造船所に勤務する子たちと一緒になって盛り上がっていた。

どんな船なのだろう。豪華客船かな。ものすごく大きいんだって。屋台もいっぱい出るらしいよ。何を買ってもらおう。船のポスターや模型も売ってるって聞いたよ。くす玉から本物のハトが飛び出すって知ってた？　鼓笛隊の演奏もあるみたいだけど、ルパン三世やガンダムもやってくれるかな。

学校で仕入れてきたそれらの情報を、僕はそのまま父に伝えた。楽しみだなあ、と答えてくれたのに、前日になって、一緒に行けなくなった、と言われて心底がっかりした。それでも、仕事だから仕方ないと自分に言い聞かせていたのだ。

なのに、進水式当日、早起きをして母と二人、バスで造船所に行き、まだ地上にある、紅白の幕とくす玉で飾られた白と紺色の巨大な船の前で、進水式が始まるのを大勢の人たちの中に混ざって待っていると、前方に父の姿が見えたのだ。

父は一人ではなかった。制服を着た中学生を何十人も連れているのなら、引率の仕事だろうと納得できた。しかし、父の隣にはおそらく中学生だろうが、私服姿の男子が一人立っているだけだった。痩せっぽちで背の低い、彼はいったい誰なのだろう、と僕はもやもやとした気持ちで二人の方にばかり目をやった。

そこに、ファンファーレが鳴り、進水式が始まった。

まずは船の名前が発表される。ドラムの音に合わせて船の名前が書かれている部分を覆っていた白布が外されると、「しらつな丸」の文字が現れ、割れるような歓声が上がった。

そして、いよいよ本番、支綱切断の儀式だ。支綱にはくす玉と日本酒の一升瓶が繋がれていて、背広の胸に紅白のリボンフラワーを付けた威厳のあるおじさんが銀の斧で綱を断ち切ると、日本酒の瓶が船体に叩きつけられて割れ、くす玉が開いて紙テープや紙吹雪、色とりどりの風船、白いハトが溢れ出し、船がゆっくりと海へ向かって滑り出した。

肩に金色の房のついた赤い制服姿の鼓笛隊が軍艦マーチを軽快に演奏し、それに合わせるように、船はしぶきを上げて海に降り、ゆっくりと進んでいった。紙テープが風になびき、風船が高く空に舞い上がり、白いハトたちが遠いところへ飛んでいく。船が進んでいるのは向かいの島まで泳いでいけそうな狭い海道なのに、僕には大海に向かっているように思えた。

真新しい船は貨物船だ。全長百六十五メートル。僕はただただ、船の大きさと華やかな演出に興奮していたが、ふと、隣に立つ母を見ると、頬に涙が伝っていた。母だけではない。鼻を啜ったり、ハンカチで目頭を押さえたりしている大人は他にもたくさんいた。

僕は涙の理由がわからず、母のブラウスの袖を引き、大丈夫？　と声をかけた。

――おじいちゃんもね、ここで船を作っていたのよ。

父はH市の生まれで、母が白綱島の生まれだった。父が白綱島の中学校に赴任してきた年に母と出会い、翌年に結婚したのだ。父の両親はH市にいたが、母の両親は、母親は母が結婚する三年前に、父親は僕が生まれた翌年に、それぞれ病気で亡くなっていた。

南西町にある僕の家は母の実家で、僕が小学校に上がる年にリフォームされたが、居間の飾り棚には古い船の模型やボトルシップが並んだままでいた。

——昔はね、進水式なんて、年に三、四回あったのよ。

母は子どもの頃、母親が病気がちで家族で出かけることはあまりなかったが、進水式には毎回、家族揃って訪れていたらしい。

お父さんが造った船だぞ。

父親はそう言いながら、母が幼い頃は肩車をしてくれ、成長すると、力強く肩に手を載せてくれたという。

——溶接工をしていたから、手の皮がグローブをはめているみたいに分厚く、ごつごつして、ちょっと痛いの。だけど、この手であの大きな船を造ったんだなって思うと、ものすごく誇らしい気分だった。

仏壇の遺影の祖父は小柄で痩せているイメージがあったので、そんな手を想像することは難しかったが、母の肩には今、そのときの感触が蘇っているのではないかと、思いを馳せることはできた。

——進水式に来るとね、毎回、記念に模型やボトルシップを買ってもらうの。それから、大きな箱に入ったミルキー。

飾り棚に並んでいたのは母のコレクションだった。進水式から帰ると、父親に手伝ってもらいながら作っていたのだという。

——我が家は進水式の日のお昼ご飯はちらし寿司って決まっていて、お母さん、航にとってはおばあちゃんね。おばあちゃん特製のあなごがたっぷり入ったのを食べるの。

だから、母は朝早くからちらし寿司を作っていたのか、と合点がいった。白綱島で育った大人には、母のように、進水式にまつわる思い出がそれぞれあるに違いない。しかし、進水式は今日で最後。僕にはあまり関係ないと思っていた造船業の衰退が、白綱島の衰退と結びつき、急に寂しさが込み上げてきた。

今日は、白綱島、最後の賑やかな日……。

母に手を繋いでもらい、一緒に船を見た。

警笛が大きく鳴った。あの「しらつな丸」と名付けられた大きな貨物船には、島の人たちそれぞれの思い出や希望が載せられているのだ。がんばれ、がんばれ、と胸の内で船にエールを送った。

——航を妊娠中にも、お父さんと一緒に見に来たのよ。

僕の名前が進水式に由来することを初めて知った。がんばれ、と今度は声を張り上げる。

父がここにいて、おじいちゃんが母にしてくれていたように、僕の肩にしっかりと手を載せてくれたら、どんなに勇気が湧いてくるだろう。母の肩に手を載せてくれたら、僕はどんなに心強いだろう。

父がいる方に目をやると……、父は僕の知らない奴の肩にしっかりと手を載せて、二人で船を見送っていた。お店を見に行こうよ、と母の腕を引き、急ぎ足でその場を離れた。だが、ずらりと並んだ露店のどれも魅力的には映らなかった。あれもこれもと思っていたはずなのに。

父は帰宅したのも、日がすっかり暮れてからで、三人揃ってちらし寿司を食べることもなかった。

月曜日の学校は、進水式の話題でもちきりだった。来賓の中に、母親が白綱島出身で叔父が造船会社の重役だという演歌歌手がいて、それほど有名人でもないのに、田舎の子どもたちは、顔が見えた、見えなかったで盛り上がっていた。僕はそういう人がいることすら知らなかった。すると、ばっちり見えたという奴が、僕にしつこく自慢してきた。

——え、見てないの、おまえ、小さいもんな。父ちゃんと行かなかったのか？　俺なんか、父ちゃんに肩車してもらったぞ……。

——うるさい！

僕はそいつを思い切り突き飛ばした。そいつは床に机と一緒に倒れ込み、あごを思い切りすりむいた。おそらくこれが手足への傷だったら、担任教師立ち合いのもと、僕がそいつに謝って終わっていたはずだ。何するんだよ、とそいつは倒れたまま僕の膝に蹴りを入れてきて、僕はそれにはやり返さなかったので、謝る必要もないと思っていたくらいだ。

しかし、顔にけがをしたことから、学校から我が家に、相手の家に謝罪の電話を要求する電話がかかってきた。

母はすぐに電話を入れた。相手の母親と昔からの知り合いらしく、後半は雑談をしながら笑っていた。しかし、その最中に父が帰ってきて、電話を切った母から報告を受けると、自室から居間の様子を窺っていた僕を呼び、目の前に座らせた。

——友だちに手を挙げたのか。

厳しい顔で問われ、僕は頷いた。

——だってさ……。

その瞬間、頬に平手打ちが飛んできたのだ。

——やったか、やっていないかを答える前に、言いわけをするな。人に手を挙げていい理由なんかない。

僕は部屋に駆け込んで、腹の底から声を上げて泣いた。

よその子と進水式に行ってたくせに！

それを言えないまま、なんとなく父を避けているうちに、父は入院してしまった。肝臓癌。その二年ほど前にも手術を受けていたのに、父が死ぬまでそれを知らないのは僕だけだった。

「じゃあ、父さん、あなたが手を挙げた理由は何なんだ、ってかんじですよね」

おどけるように言ってみたが、畑野さんは黙ったままだ。どこか申し訳なさそうな表情で、僕を見ている。

「あ、いや、多分、僕はそれまでに、誰からも殴られたことがなかったので、父は僕に痛みを実感させて、おまえがやったのはこういうことなんだ、って教えようとしたんだなってことは、今では理解してますよ」

それ以前に、僕は殴られたり、進水式で寂しい思いをしたからといって、父を嫌いになったわけではない。海水浴や虫とり、白綱山へのハイキング、父の日に描いた絵を褒めてもらったこと、風呂場で九九を教えてもらったこと、小さなわだかまりをかき消すほどの楽しかった思い出が、ちゃんと残っているからだ。

だからこそ、唯一の心残りとして、いつまでもこだわっているのかもしれないが。

「申し訳ない」

「……えっ」

畑野さんにいきなり謝られた理由が解らない。

「あの日、大崎先生に進水式に連れて行ってもらったのは、僕なんだ」

た。

「ええっ！」

畑野さんの頭のてっぺんからつま先まで、失礼だと思いながらも二往復眺めてしまった。

「僕は中三になってから突然、背が伸びて、最近じゃ、横にも広がってしまったから。航くんが見た姿と重ならないよな」

「いっ、いや、ご本人とは知らず、やつ当たりするような話をしてしまって、すみません」

「進水式のこと？」

「なんか布団とかいじくりながら、すっかり語りモードに入ってしまって。ちゃんと畑野さんの目を見ながら話していたら、途中で気付けてたかもしれないのに」

「いや、僕は話を聞けてよかったと思ってる。もし、航くんから進水式の話が出なくても、僕から話していたはずだから。聞いてくれるかな」

頷くと、畑野さんは進水式があった年のことを話してくれた。

白北中学校一年生のとき、畑野さんは父のクラスになった。中学生になるというのは、島の子どものたいがいにとっては、名称が小学校から中学校に変わり、少し離れたところにある別の校舎に新しい制服を着て、同じメンバーで移動する程度のことであるが、一部、例外があった。

島の北端にある島内一小さな町、北町に住んでいる子どもたちは、一クラス十人にも満たない小学校を卒業すると、隣町の中町にある白北中学校まで通わなければならず、まったく新しい世界が始まるのだ。

すっかり勢力図ができあがった世界に、ぽんと放り込まれたかたちで始まった、畑野さんの中学生活は、当初、それほど息詰まるようなものではなかった。卓球部に入り、中町の友人もでき、教室内では目立つことなく、しかし、暗いと陰口を叩かれることもなく、平凡だが悪くないと思えるような毎日を送っていた。

変化が起きたのは、夏休みも終わりに近いある日からだ。

部活帰りに、畑野さんは同じ部活の同級生二人と、中町と北町の境いにある小さな浜辺に向かった。互いに貸し借りをしている漫画を読むためだ。海水浴場ではないので、浜辺に降りてくる人は滅多にいない上、風通しがよく、高い堤防は道路からの眼隠しにもなり、ほどよい日陰も作ってくれるため、絶好の休憩場所だった。

畑野さんには二歳年上のお兄さんがいて、子ども部屋を二人で共有していたため、外で漫画を読める場所を捜したのだという。白綱島の子どもが高校受験のために夏休みから勉強することに驚いたが、お兄さんは成績がよく、島外の学校を受験するためだと聞いて納得した。

ところが、浜辺に着くと先客がいた。三年生の男子生徒が一人でタバコを吸っていたのだ。悪いことだと解っていても、その場で上級生を咎めるほどの正義感はなかったので、三人は、タイミングが悪いところに出くわした、とそっと道路に引き返し、解散してそれぞれの家に向かった。

畑野さんは北町に。あとの二人は中町に。

三年生がタバコを吸っていたことをお兄さんに話そうかと考えたが、名前を知らない人のことを中途半端に伝えても仕方ないと思い、黙っていた。タバコを吸っていたのは、悪い評判もなく、目立つ存在でもない、普通の男子生徒だった。

翌日から、二人の同級生が少しよそよそしくなったように感じたが、漫画の貸し借りはこれまで通り続けていたため、気のせいだと思い直した。

しかし、二学期が始まると同時に、畑野さんへの嫌がらせが始まった。

まずは、クラスの男子全員からの無視。翌日には、机の横にかけていた持ってきたばかりの体育館シューズがなくなっており、その翌日には、机の上に花瓶が置かれ、表紙に「お香典」とマジックで書かれたエロ本が丸めて突っ込まれていた。

心臓が音を立てて鳴り、喉を締め付けられるような感覚に陥りながらも、どうにか足を踏ん張り、教室中を見渡した。男女合わせて、返ってきたのは嘲笑、好奇の目、関わりたくない者は目をそらしていた。

いっそ、始業のチャイムが鳴って先生が来るまで、このままにしておこうかと思ったところ、花瓶の奥に丸めた紙が入っているのに気が付いた。広げると、「合格祈願！光星高校」と書いてあった。お兄さんが受験する予定の高校だ。花瓶とエロ本を急いで掃除ロッカーの中に隠した。

部活に行っても同級生から無視をされ、スポーツバッグに入れていた体操服は放課後部室で取り出すと、ビショビショに濡れていた。

原因はまったく思い当たらなかった。いじめごっこをしたい誰かが、最初の標的を自分に選んだのではないか、そんなふうに考えた。

嫌がらせは日ごと、悪質になっていった。

おはよう、と背中ごしに声をかけられ、ようやく自分のターンは終わったのか、と振り返ろうとしたら、思い切りつきとばされた。おはよう、おはよう、おはよう、同級生たちが笑顔で畑野さんをつきとばしていく。教科書の詰まった重いカバンが後頭部に直撃することもあったし、拳が脇バラにヒットしたこともあったし、正面から首を絞められたこともあった。

畑野さんを階段から突き落とし、ヤバいよ、と言いながら走り去ったのは、つい半月前まで、楽しく漫画の貸し借りをしていた卓球部の二人だった。

「ふざけていました、って言い訳できそうなギリギリのラインで、僕が周りの大人に助けを求めないか、様子を見られていたんだろうね」

畑野さんは淡々とした口調で語っていたが、僕には同じ島の中学校で起きたことだと信じ難かった。しかも、僕より前の、パソコンも携帯電話もない時代に。僕が中学生の頃も、無視やケンカはあった。しかし、それ以上のことは都会の荒れた学校かテレビドラマの中でしか起こらないと思っていたのに、いじめはこの島にも昔からあったのだ。

「家の人に相談はしなかったんですか?」

「親から学校に抗議の電話をかけてもらうの? それでどうにかなるなら、自分で職員室に駆け込んでるよ。それに、僕が学校でいじめられてるって知ったら、親は怒るよりも、惨めな気持ちになるんじゃないかと思ったんだ。うちの子は、どうして見下されるような子に育ってしまったんだろう、って。いじめられっ子が親に相談できないのは、家庭生活が円満に送れていないからじゃない。親を惨めな気持ちにさせたくないからだ。教室で恥をかかされても我慢できる。だけど、そんな姿を親には見られたくないんだよ」

僕はいじめには遭っていないが、部活や進学のことで行き詰まった際、母に打ち明けずに、一人で悩み続けたことがある。母に心配をかけたくなかったからだが、それは、母子家庭ゆえにそう考えるのだと思っていた。だが、父が生きていたら、僕は何か相談したたろうか。

「それにね、誰かに相談するということは、いじめられっ子であるのを自分自身が認定するということだ。航くんは、自分で自分を思い切り殴れるかい？」

黙って首を横に振るしかできない。

「畑野さんはどうやって、いじめを、一人きりで乗り切ったんですか？」

「乗り切れなかったんだ」

畑野さんはしばらく目を閉じた後、話を続けた。

暴力はからだの外側から打撃を与えるだけではない。自分はいじめられっ子ではないのだと、うすら笑いを浮かべながら、何事もないかのようにふるまうことにより、ストレスが蓄積し、畑野さんのからだは内側からも打撃を受けるようになった。

最初に腹痛が起きたのは、九月末、昼休みが終わった直後の掃除の時間だった。十五分耐えればいいのだと自分に言い聞かせたが、雑巾のように胃を絞られるような痛みに手の指先と膝が震え出し、たまらず掃除中のトイレに駆け込んだ。

一年生用男子トイレの担当が別のクラスだったことに安堵した。しかし、それから毎日、同じ時間に腹痛が起こるようになった。弁当をひと口も食べなくても、腹痛は起きた。仕方ねえなあ、と掃除中のトイレに入れてくれていた、畑野さんがいじめられていることを知らない同級生も、廊下ですれ違うと「ゲリ男」と言ってからかうようになった。

ストレスが引き起こすのは腹痛だけではない。畑野さんの頭には塩を振りかけたようなフケが浮かぶようになった。毎晩、念入りに髪を洗っても、フケは溢れるようにわき、肩や首回りだけでなく、机の上にまでこぼれ落ちるようになった。そうなると、かばってくれるとまではいかないが、畑野さんに同情するような目を向けていた女子たちも、あからさまに不快感を表し、大袈裟に畑野さんを避けるようになった。

自分では気付いていなかったが、口臭も酷くなっていた。それを授業中、年配の女性教師にあからさまに指摘されてからは、息をするのも恐ろしくなり、無意識のうちに呼吸を止めてはえずくようになった。気持ち悪い、と隣の席の女子が泣き、クラス全員から嫌がらせを受けるようになる。

いじめられる方にも原因があると、したり顔で言う者は、その原因の一つに「不潔」を挙げることがあるが、いじめと不潔、どちらが先だったのか考えたことなどないのだろう。

ふざけながらの暴力は、月が変わる頃には、伝染病にかかった野良犬が教室に入ってきたのを全力で追い払うかのような、冷酷なものになっていた。

そして、十月の頭、新しくトイレ掃除の担当になった奴らは、畑野さんをトイレに入れてくれず、畑野さんは倒れそうになりながら職員用トイレに向かったが、一歩手前で間に合わなかった。

「屈辱感にまみれながら、死んでしまおうと、決意した」

畑野さんの一語ずつ絞り出すような言葉に、僕は自分が同じ、いや、畑野さんに起きたことのほんの一部を、体験したかのように、胸の内側をえぐられるような気分になった。どう言葉を返せばいいのかまったくわからない。

伏せてしまった目をゆっくり上げると、畑野さんは、続けるよ、と言うように小さく頷いた。

「そんな僕を救ってくれたのが、大崎先生だったんだ」

先生、と改めて聞き、畑野さんのいじめの体験を被害者の立場としてしか受けとめていなかったことに気が付いた。自分は教師であるのに。そして、思い出したくもないはずの経験を語ってくれている畑野さんも、現在は教師であることを知っているのに。

トイレに間に合わなかった畑野さんの片付けをしたのは父だった。体操服に着替えた畑野さんを家まで送ると言う父に、畑野さんはその前に洗濯をしたいと申し出た。家族に学校で起きたことを知られたくなかったからだ。

当時、中町と北町にコインランドリーはなく、父は畑野さんを車に乗せて、造船所のある南町のコインランドリーに連れていった。

——何があったのか話してくれないか。

父はこう畑野さんに切りだしたらしい。しかし、畑野さんは何も言えなかった。父のことを信頼していなかったわけではない。僕に話してくれたようなことを、このときは口にする気力すら奪われていたのだ。しかし、これ以上抱えることもできない。助けて、と言いたかったのか、ほっておいてくれ、と言いたかったのかは解らない。ただ、口を開いたと同時に嗚咽が込み上げ、涙が溢れ出した。

溜め込んでいた思いは、どろどろに溶けて混ざり合い、たったひとつの言葉となって嗚咽と一緒に口からこぼれた。

——死にたい。

引きとめてほしくて言ったのではない。畑野さんの中に残っている感情がそれしかなかったのだ。

父はしばらく黙っていた。そして、死にたい理由を訊くことも、死ぬなと説得することもなく、こんなことを言った。

——明日、進水式に行かないか？

ふと顔を上げると、コインランドリーの壁に進水式を告知するポスターが貼ってあるのに気が付いた。畑野さんの父親は郵便局に勤務していたため、家族で進水式に行く予定はなかった。しかし、島の北端の海辺の町で、毎日、船を見続けてきた畑野さんは、最後に真新しい船を見てみたいと感じた。

そうして父に向かい、黙ったまま頷いた。

「進水式は航くんが経験したとおりだ」

二十年前、畑野さんと僕はほんの十メートルも離れていない場所から、同じものを見た。だが、抱えていた思いはまるで違う。もしも、今僕が当時の畑野さんと一緒にあの場にいたら、力強く海へと突き進む船に願いを込めるように、畑野さんの細くやつれた肩に、しっかりと手を載せるのではないだろうか。

父がそうしていたように。

それは、畑野さんにとってどれほどの救いになったというのだろう。

「進水式を見たあと、先生は僕を家に送り届ける途中で、ジュースでも飲もうと言って、北町の海岸公園に連れて行ってくれたんだ。海側を向いたベンチに先生と並んで座ると、目の前の海をタンカーや貨物船が行きかうのが見えた。先生はそれを眺めながら、こう言ってくれたんだ」

あれらの船に声援を送る者はいない。だけど、どの船も皆、今日の進水式の船のように、大勢の人から祝福されて海に出たんだろうな。

人間も一緒だ。とつきとおか待ちわびて生まれ出た赤ん坊に、願いを込めて名前をつけ、夫婦、家族、皆で喜び合い、希望を託して、広い世界に送り出す。

大海に出た船は己の役割を果たしながら海を進むように、人間もまたそれぞれの人生を歩む。海が荒れることもあるように、人生にも嵐が訪れることはある。送り出した者は助け船を出せることもあるが、すべての航路に寄り添うことはできない。

僕の役割は、僕がいる海を通過しようとしている船を、先導し、守ることだと思っている。海が荒れれば、沈まないように同じ航路を進む船同士をしっかり連結させるのも、僕の仕事だ。どんな船だって、他の船を沈めることは許されない。

畑野忠彦という名の船は出港してから、まだどれほども進んでいないところにある。こんなところで、沈んじゃいけない。沈ませちゃ、いけないんだ。

忠彦は祝福されて海に出たんだから。

「生まれたときの記憶なんて当然ない。次男だから、写真もほとんどない。だけど、先生の言葉と進水式の光景が、僕に、自分を祝福してくれた人たちがいることを教えてくれたんだ。そして、大崎先生は僕を守ってくれた」

畑野さんは父が具体的にどんなことをしたのかを教えてくれた。

父はクラスの生徒たちにいじめに関するアンケートをとった。しかし、少し目を動かせば隣の席の子が何を書いているのか解るような中で、ありのままを記すことは難しい。しかし、ほんの少しでも良心が残っている者であれば、悪質な真実を、言葉を選びながら十倍希釈にして書き記す。

それを繰り返して読み込み、わずかなヒントでも拾い上げ、個別の話し合いの場を設ける。それだって、一度目に何もかもを打ち明ける生徒はいない。根気強く、そして、覚悟をもって。畑野さんを守りながら、クラスの中を観察し、生徒たちと対話する。

父は首謀者と、畑野さんが被害を受けることになった原因を突き止めた。

海岸で喫煙を目撃したことが始まりだったのだ。喫煙をしていた三年生は翌日、学校から親と一緒に呼び出され、喫煙をしたことに対する処分を受ける。三年生は喫煙を否定したが、担任教師は、下級生からの目撃があった、と考えなしの言葉を突き付けた。三年生は海岸に三人が来たことに気付いており、同じ中町に住む二人を締めあげた。すると、二人は、告げ口したのは自分たちではなく、畑野さんだと言った。

正義の告発者も小さな脅しで簡単に翻る。

三年生と畑野さんのクラスのリーダー格の男子が、家が近所同士の幼なじみだったことから、三年生はリーダー格の男子に畑野さんをいじめるように命令し、リーダー格の男子はそれを引き受けた。リーダー格の男子は三年生に脅されたと言い、三年生は冗談で言っただけなのに、おもしろそうだとリーダー格の男子がはりきって引き受けたと言った。どちらが正しいのか解らなかったが、首謀者はこの二人だ。

クラスの生徒、特に男子は、三年生がバックについているリーダー格の男子に逆らうと自分もやられると思って命令に従った、とさも被害者であるように証言した。

首謀者二人は責任のなすり合いをしながらも、形ばかりの謝罪をして、畑野さんへのいじめ問題は収束した。しかし、父はその後も観察を続けた。畑野さんをではない。首謀者二人をだ。彼らが同じ過ちを起こしかけると、手を挙げることもあった。それに対して非難を受けても、引き下がることはなかったという。

彼らが、自分だけにではなく、すべての人に祝福してくれる人が存在することを理解するまで。

「先生は自分が癌だと知っていたなら、進水式は航くんと行きたかったはずだ。航くんのことを考えていたから、進水式と子どもが生まれたときの喜びを重ねたんだと思う。長い航海を助けてやることはできないけれど、嵐や孤独に耐えられなくなったときには、祝福されて送りだされたことを思い出してほしい。そんなことを航くんに伝えたかったかもしれないのに……。だから僕は、大切な時間を僕に使ってくれた恩を、先生の言葉を一人でも多くの子どもたちに伝えることで、返していきたい」

畑野さんはそう言って、じゃあ、と片手を上げて病室を去っていった。近所に住む友人が、何かのついでにほんの十分ほど立ち寄ったかのような、あっけない別れ方だ。

畑野さんは本当に、新聞で火事の記事を見かけただけで来てくれたのだろうか。仏壇の前で、火事にでも遭えば解放されるだろうか、とライターの火を見つめていた僕の愚かな迷いに父が気付き、畑野さんの夢枕に立ってくれた。なんてことは、あるはずがないか。

だが、もう僕は逃げない。子どもたちに、親たちに、伝えるべきことは胸の内で形を成している。

少し疲れたので、横になって目を閉じると、頭の中でファンファーレが鳴り、軽快なマーチが流れ出した。進水式の光景だ。

父が畑野さんの肩に手を載せている。だが、畑野さんの姿は僕へと変わる。父はそれに気付く様子なく僕に向かって口を開いた。

あれらの船に声援を送る者はいない——。

畑野さんから聞いた父の言葉が、父の声で僕の中に入ってくる。

父さん。

父の目をしっかりと見つめていると、次第に父の顔は僕の顔へと変わっていった。そして、僕の口から出る父の言葉を聞いているのは……、三浦真衣だ。

いつのまにか、鼓笛隊のマーチは鳴りやみ、周囲は古びた倉庫のみが残る空地となっている。しかし、僕は言葉をとめない。瀬戸の海が今も昔もかわらずそこにある限り、その先に光差す未来があることを伝えられると信じて。

解説

光原百合

1　島、そして橋

私がその橋を初めて渡ったのは、高校時代に所属していたクラブの合宿にOGとして参加したときのことです。同じようにOB参加していた先輩が運転する車に、友人たち数人と乗せてもらって通りました。夏空を背景に屹立《きつりつ》する真っ白い二つの塔、そこから延びるケーブルによって吊られた大きな橋は、たいそう爽快な眺めでした。橋を降りたあと、喫茶店に寄って生まれて初めて飲んだレモンスカッシュの味と共に、よく覚えています（我ながらいつの時代の話だ。確か橋が架かったばかりの夏、一九八四年のことだったはずですが）。

個人的な話から入ってしまいましたが、私が本書『望郷』の解説をご依頼いただいたことと関係があるのでご了承を。『望郷』の舞台となっている白綱島は、作者である湊かなえさんの故郷である因島《いんのしま》がモデルです。造船と柑橘の栽培が盛んで、日本最長（当時）の吊り橋の完成によって、作中の表現を使うなら「本土」と地続きになり、しかし日本の産業構造の変化によって島の経済にも翳《かげ》りが生じ、やがて対岸の市に吸収合併される――そんな因島の歴史がそのまま白綱島の歴史に重ねられ、本書に収録された六つの物語の背景となっています。そして私のふるさとは「みかんの花」で触れられている、白綱島の合併相手である「O市」なのです。

『光原さんも湊さんと同じように瀬戸内の風土をよく御存じでしょうから』ということで編集部からご依頼をいただき、この傑作短編集の解説をさせていただけるならとお引き受けしたのですが、今回読み返して気軽に考えていたことをちょっと反省しました。同じ瀬戸内地方とはいえ、作中人物たちの見ている風景は、私とまったく違う気がする……！（自信を持って「これはわかる！」と断言できるのは、「石の十字架」や「光の航路」に登場する、あなごの入った巻き寿司やちらし寿司の味くらいか。これ本当においしいんですよ）

たとえば冒頭で述べた白い吊り橋の意味するもの。私にとっては単に「爽快な眺め」であったあの橋が、本書の中でははるかに複雑な意味合いを持って描かれます。

同じ瀬戸内でも「本土」側に住む人間は、地続きですから、その気になったら東京でも北のはずれの竜飛岬まででも歩いて行けます（その気にならないけど）。しかし島嶼《とうしょ》部に住んでいると、歩いて島の外に出ることはできません。もちろん白綱島は（因島同様に）絶海の孤島というわけではなく、橋が架かる前から日に何便も定期船が通っていたはずです。しかし、それまでは生身の人間が自分だけの力でよそに行くことはできませんでした。橋が架かることによって、島の外の世界は「その気になれば歩いて行ける」ところとなったはずです。何かが不可能であること自体は人間を苦しめません。「可能であるのに、何かに阻まれてできない」ことが人間を苦しめます。白綱島での暮らしに閉塞感を感じ、外の世界に憧れる作中人物たちにとって、白い美しい橋は外に通じる希望であると同時に、はかない夢を見せる残酷な存在でもあったのではないでしょうか。

そして本書『望郷』は、そんな島に来る人、島から去る人、島にとどまる人、島に戻る人、様々な人生を鮮やかに切り取ったミステリー短編集なのです。

2　ミステリーとしての『望郷』

（これ以降、本書に収録された作品のいくつかの具体的な内容に言及します。ミステリーとしての真相までは明かしませんが、個々の作品内容について先入観を持ちたくない方は、以降は本書

を読了後に読んでいただけるようお願いします）

前項で本書のことを「ミステリー短編集」であると書きました。確かに、収録作の一つ「海の星」は選考委員の絶賛を得て第六十五回日本推理作家協会賞（短編部門）を受賞した名作であり、他の五作品もミステリーに分類してさしつかえないでしょう。しかしどれにも、密室やアリバイといったいかにもミステリーらしい謎は登場しません。そればかりか、物語の終盤までそもそも「謎」の存在がよく見えない作品がほとんどです。またしても個人的な話となりますが、私はかつて「十八の夏」という短編を書きました（畏れ多いことにこの作品が第五十五回日本推理作家協会賞を頂戴したのですが）。実は執筆にあたって、「ミステリーでは一般的にまず謎が提示されてそれが解決されるが、物語の中に謎が存在すると読者に思わせず、普通の小説のように話を進めて、終盤に至って『ここに謎があったのだ』と判明するようなミステリー小説が書けないだろうか」と考えていました。拙作においてそれが成功したかどうかはさておき、本書『望郷』におさめられた作品を読んで、私がおぼろげながら考えていたことが理想的な形で実現されていることに驚嘆したのです。

たとえば協会賞受賞作「海の星」。父が突然失踪して苦しい生活をしいられる母子の元に、漁師である「おっさん」が足しげく通い、おいしい魚を届けてくれる。息子は彼の下心を疑い、母子はやがて「おっさん」と決別するが、別れ際に彼が見せてくれた海面に青く輝く「星」のことは、息子の心に強く残っていた。と、ここまでなら、母に思いを寄せる男性に反発する少年の心を描いた普通小説のように読めるのですが、月日を経て彼の前に「おっさん」の娘が現れ、あることを告げたとき——。

あるいはこの作品集中、ミステリーとして「海の星」と双璧をなす名品、「夢の国」。夫と子供と共に、幼いころからあこがれ続けた東京ドリームランド（もちろんモデルは、千葉にあるあの夢の国ですね）に初めて訪れた女性が、アトラクションのあれこれを経験しながらこれまでの白綱島での生活を回想する物語です。圧制的な祖母と、それに対して何も言うことができない父母のもとで窒息しそうだった彼女の青春を描いた普通小説と思いきや、終盤も近いある場面から驚くべき真相が語られ——。

どちらの作品も、その場面まで来て「えっ」と驚き、前のページをめくってしまう人が多いのではないでしょうか。そして物語全体に溶け込んだ謎があったこと、それを暗示する伏線がそこまでのあちこちに張られ、しかも伏線とわからないよう周到に隠されていたこと、これらの作品が紛うかたなきミステリーであったことに気づくでしょう。まさに名人芸です。

このように『望郷』は、ミステリーとして傑作でありながら一見ミステリーの顔をしていない、だからミステリーを読みなれていない人にも楽しめる貴重な作品集です。ミステリーファンとしては、日ごろミステリーを読まない、あるいは好きでない方に本書を是非お勧めして、「ミステリーってこんな面白さもあるんですよ」と宣伝したいものです。

3　闘う女たちの物語

湊かなえさんの小説は、多くが「闘う女たち」の物語であるように思います。小説推理新人賞を受賞した短編「聖職者」からして、幼い娘を失った女性教師が復讐を企てる物語でした（その後この「聖職者」を第一章として完成した長編小説が『告白』です。デビュー作とは思えない完成度をもったこの小説が、各種ミステリーベスト企画にランクイン、本屋大賞受賞、映画化などを経て大ヒット作品となったことは紹介の必要もないでしょう）。

大切なものを失ったところから始まる「聖職者」の主人公はやや特殊な例ですが、湊さんの描く女性の多くは、愛するもの、大切なものとの平穏な生活を守るために闘います。勝って終わりというものではなく、負けないための闘い、日々、不断に行われ続ける闘いなのです。それはときに、もっと賢明なやり方があるだろうにと思わせるものではありますが、彼女らの強い思いには圧倒されずにいられません。

かつては「男は外の世界で戦って女を守るもの、女はうちの中で守られてレースでも編んでいるもの」と思っていた男性も多かったようで、今でもその意識のしっぽを引きずっている人はいるかと思いますが、どうしてどうして。日々の生活を守るということは、それほど甘いものではございません。その闘いがいかに苛烈な意思と覚悟を必要とするものか、湊さんの描く女性の姿から感じ取る人も多いのではないでしょうか。というか、古い意識の殿方には是非そこんとこ、わかっていただきたい。

本書『望郷』に登場する女性たちも、たとえ表面上は静かであっても、苛烈な意思を秘めて闘っています。男性にも闘わざるを得ない立場にいる人はいますが、どちらかといえば男性は（自分では気づかぬうちに）守られていたり、闘わないことを選んだりしています。

そういえば湊さんの作品においてはしばしば、「闘う女たち」に対して「闘わない男たち」が配置されているように思います。「闘わない男たち」は、場合によっては女たちの闘いからただ逃げていることもありますが、あえて「闘わないという闘い方を選んだ男たち」（ややこしい）もいて、その姿は、闘う女たちとはまた別の強さを体現するものとして興味深くもあります。本書にも、ミステリーのネタに触れてはいけないので具体的な名前をあげるのは控えますが、そういう男性は登場していますね。

さて、湊さんの描く女たちの闘いは、成功するものばかりとは限りません。ときに報われる一瞬はあっても、そこで終わることなく続いていきます。まさしく日常と同様に。

『望郷』に限らず湊さんの小説は、女性たちが「それでも生きていく」物語だと思います。それでも、生きていく。生きていかなければ。日々を守る不断の闘いに疲れたとき、そんな風につぶやく人は多いかもしれません。湊さんの小説は、たとえ色調の暗い物語であっても、そんな闘いへの応援歌となってくれるのです。

4　蛇足かも。

瀬戸内出身としてもう一つ、登場人物たちと同じものを知っていました。「海の星」で「おっさん」が主人公に見せてくれた、夜の海面に光る青い星。夜光虫と呼ばれるプランクトンが、刺激を与えると青く発光するのです。確かこれも、クラブの合宿の時に先輩から教わったのでした。それはそれは美しい眺めです。

蛇足ついでにもう一つ。「おっさん」の思いははたして、真相解明部分で語られたことだけだったのでしょうか？　実はやはり……っと、これ以上は書きませんが、すでにお読みの方なら、私が書きたいことはおわかりですよね。どう思われますか？　未読の方、それではぜひどうぞ、本書をお読みください。

（作家）

単行本　二〇一三年一月　文藝春秋刊

初出

「みかんの花」……「オール・スイリ」（平成二十二年十二月刊行）
「望郷、白綱島」を改題
「海の星」……………「オール讀物」平成二十三年四月号「望郷、海の星」を改題
「夢の国」……………「オール・スイリ２０１２」（平成二十三年十二月刊行）
「望郷、夢の国」を改題
「雲の糸」……………「オール讀物」平成二十四年一月号「望郷、雲の糸」を改題
「石の十字架」………「オール讀物」平成二十四年五月号
「望郷、石の十字架」を改題
「光の航路」…………「オール讀物」平成二十四年十月号
「望郷、光の航路」を改題

ＪＡＳＲＡＣ　出１５１４３６３−５０１

文春文庫

望《ぼう》 郷《きょう》

定価はカバーに
表示してあります

2016年1月10日　第1刷
2024年1月25日　第20刷

著　者　湊《みなと》 かなえ

発行者　大沼貴之
発行所　株式会社 文藝春秋

東京都千代田区紀尾井町 3-23　〒102-8008
TEL 03・3265・1211㈹
文藝春秋ホームページ　http://www.bunshun.co.jp

落丁、乱丁本は、お手数ですが小社製作部宛お送り下さい。送料小社負担でお取替致します。

印刷・TOPPAN　製本・加藤製本

Printed in Japan
ISBN978-4-16-790523-1

（　）内は解説者。品切の節はご容赦下さい。

西村京太郎
「ななつ星」極秘作戦
十津川警部シリーズ

太平洋戦争末期、幻の日中和平工作。歴史の真相を探ろうと豪華クルーズ列車「ななつ星」に集った当事者の子孫や歴史学者らに、魔の手が迫る。絶体絶命の危機に十津川警部が奔る！

に-3-52

西澤保彦
黄金色《きんいろ》の祈り

他人の目を気にし、人をうらやみ、成功することばかり考えている「僕」は、人生の一発逆転を狙って作家になるが……。作者の実人生を思わせる、異色の青春ミステリー小説。　（小野不由美）

に-13-1

似鳥《にたどり》　鶏《けい》
午後からはワニ日和

「怪盗ソロモン」の貼り紙と共にイリエワニ、続いてミニブタが盗まれた。飼育員の僕は獣医の鴇《とき》先生と事件解決に乗り出す。個性豊かなメンバーが活躍するキュートな動物園ミステリー。

に-19-1

似鳥　鶏
ダチョウは軽車両に該当します

ダチョウと焼死体がつながる？　――楓ヶ丘動物園の飼育員「桃くん」と変態(?)「服部くん」、アイドル飼育員「七森さん」、そしてツンデレ女王の「鴇先生」たちが解決に乗り出す。

に-19-2

貫井徳郎
追憶のかけら

失意の只中にある松嶋は、物故作家の未発表手記を入手するが、彼の行く手には得体の知れない悪意が横たわっていた。二転三転する物語の結末は？　著者渾身の傑作巨篇。　（池上冬樹）

ぬ-1-2

貫井徳郎
夜想

事故で妻子を亡くした雪籐が出会った女性・遥。彼女は、人の心に安らぎを与える能力を持っていた。名作『慟哭』の著者が、「新興宗教」というテーマに再び挑む傑作長篇。　（北上次郎）

ぬ-1-3

貫井徳郎
空白の叫び
（全三冊）

外界へ違和感を抱く少年達の心の叫びは、どこへ向かうのか。殺人を犯した中学生たちの姿を描き、少年犯罪に正面から取り組んだ、驚愕と衝撃のミステリー巨篇。　（羽住典子・友清　哲）

ぬ-1-4

誉田哲也・大門剛明・堂場瞬一・鳴神響一
長岡弘樹・沢村 鐵・今野 敏

偽りの捜査線
警察小説アンソロジー

刑事、公安、交番、警察犬……。あの人気シリーズのスピンオフや、文庫オリジナル最新作まで。警察小説界をリードする7人の作家が集結。文庫オリジナルで贈る、豪華すぎる一冊。

と-24-70

永瀬隼介

最後の相棒
歌舞伎町麻薬捜査

伝説のカリスマ捜査官・桜井に導かれ、新米刑事・高木は新宿歌舞伎町を舞台にした命がけの麻薬捜査にのめり込んでいく。予想外の展開で読者を翻弄する異形の警察小説。（村上貴史）

な-48-6

中山七里

静おばあちゃんにおまかせ

警視庁の新米刑事・葛城は女子大生・円に難事件解決のヒントをもらう。円のブレーンは元裁判官の静おばあちゃん。イッキ読み必至の暮らし系社会派ミステリー。（佳多山大地）

な-71-1

中山七里

静おばあちゃんと要介護探偵

静の女学校時代の同級生が密室で死亡。事故か、自殺か、他殺か？　元判事で現役捜査陣の信頼も篤い静と、経済界のドン・玄太郎の〝迷〟コンビが五つの難事件に挑む！（瀧井朝世）

な-71-4

長岡弘樹

119

消防司令の今垣は川べりを歩くある女性と出会って……（「石を拾う女」）。他人を救うことはできるのか——短篇の名手が贈る、和佐見市消防署消防官たちの9つの物語。（西上心太）

な-84-1

鳴神響一

鎌倉署・小笠原亜澄の事件簿
稲村ヶ崎の落日

鎌倉山にある豪邸で文豪の死体が発見された。捜査一課の吉川は、鎌倉署の小笠原亜澄とコンビを組まされ捜査にあたるが……。謎の死と消えた原稿、凸凹コンビは無事に解決できるのか？

な-86-1

新田次郎

山が見ていた

夫を山へ行かせたくない妻が登山靴を隠す。その恐ろしい結末とは。少年をひき逃げした男が山へ向かうと。切れ味鋭く人間の業を抉る初期傑作ミステリー短篇集。新装版。（武蔵野次郎）

に-1-46

（　）内は解説者。品切の節はご容赦下さい。

貫井徳郎
壁の男
北関東の集落の家々の壁に絵を描き続ける男。彼自身は語らないが、「私」が周辺取材をするうちに男の孤独な半生と悲しい真実が明らかに。読了後、感動に包まれる傑作。（末國善己）
ぬ-1-8

乃南アサ
紫蘭の花嫁
謎の男から逃亡を続けるヒロイン、三田村夏季。同じ頃、神奈川県下で連続婦女暴行殺人事件が……。追う者と追われる者の心理が複雑に絡み合う、傑作長篇ミステリー。（谷崎　光）
の-7-1

乃南アサ
暗鬼
嫁いだ先は大家族。温かい人々に囲まれ何不自由ない生活が始まったが……。一見理想的な家に潜む奇妙な謎に主人公が気付いた時、呪われた血の絆が闇に浮かび上がる。（中村うさぎ）
の-7-3

早坂　吝《やぶさか》
ドローン探偵と世界の終わりの館
ドローン遣いの名探偵、飛鷹六騎が挑むのは奇妙な連続殺人。廃墟ヴァルハラで繰り広げられる命がけの知恵比べとは？　定石破りの天才が贈る、意表を突く傑作ミステリ。（細谷正充）
は-56-1

東野圭吾
秘密
妻と娘を乗せたバスが崖から転落。妻の葬儀の夜、意識を取り戻した娘の体に宿っていたのは、死んだ筈の妻だった。日本推理作家協会賞受賞。（広末涼子・皆川博子）
ひ-13-1

東野圭吾
予知夢
十六歳の少女の部屋に男が侵入し、母親が猟銃を発砲。逮捕された男は、少女と結ばれる夢を十七年前に見たという。天才物理学者が事件を解明する、人気連作ミステリー第二弾。（三橋　暁）
ひ-13-3

東野圭吾
ガリレオの苦悩
〝悪魔の手〟と名乗る人物から、警視庁に送りつけられた怪文書。そこには、連続殺人の犯行予告と、湯川学を名指しで挑発する文面が記されていた。ガリレオを標的とする犯人の狙いは？
ひ-13-8

東川篤哉
魔法使いは完全犯罪の夢を見るか？
殺人現場に現れる謎の少女は、実は魔法使いだった!?　婚活中の女警部、ドMな若手刑事といった愉快な面々と魔法の力で事件を解決する人気ミステリーシリーズ第一弾。（中江有里）
ひ-23-2

東川篤哉
魔法使いと刑事たちの夏
切れ者だがドMの刑事、小山田聡介の家に住み込む家政婦マリィは、実は魔法使い。魔法で犯人が分かっちゃったけど、どうやって逮捕する？　キャラ萌え必至のシリーズ第二弾。
ひ-23-3

東川篤哉
さらば愛しき魔法使い
八王子署のヘタレ刑事・聡介の家政婦兼魔法使いのマリィは、数々の難解な事件を解決してきた。そんなマリィの秘密を、オカルト雑誌が嗅ぎつけた？　急展開のシリーズ第三弾。
ひ-23-4

東川篤哉
魔法使いと最後の事件
小山田刑事の家で働く家政婦兼魔法使いのマリィが突然姿を消した!?　だが、事件現場には三角帽に箒を持った少女の目撃情報が……。ミステリと魔法の融合が話題の人気シリーズ完結編！
ひ-23-5

藤原伊織
テロリストのパラソル
爆弾テロ事件の容疑者となったバーテンダーが、過去と対峙しながら事件の真相に迫る。乱歩賞＆直木賞をダブル受賞した不朽の名作。逢坂剛・黒川博行両氏による追悼対談を特別収録。
ふ-16-7

福田和代
バベル
ある日突然、悠希の恋人が高熱で意識不明となってしまう。感染爆発が始まった原因不明の新型ウイルスに、人間が立ち向かう術はあるのか？　近未来の日本を襲うバイオクライシスノベル。
ふ-45-1

誉田哲也
妖《あやかし》の華
ヤクザに襲われたヒモのヨシキが、妖艶な女性・紅鈴に助けられたのと同じ頃、池袋で、完全に失血した謎の死体が発見された――。人気警察小説の原点となるデビュー作。（杉江松恋）
ほ-15-2

（　）内は解説者。品切の節はご容赦下さい。

松本清張
風の視線（上下）
津軽の砂の村、十三潟の荒涼たる風景は都会にうごめく人間の心を映していた。愛のない結婚から愛のある結びつきへ。〝美しき囚人〟亜矢子をめぐる男女の憂愁のロマン。（権田萬治）
ま-1-17

松本清張
事故　別冊黒い画集(1)
村の断崖で発見された血まみれの死体。五日前の東京のトラック事故。事件と事故をつなぐものは？　併録の「熱い空気」はTVドラマ「家政婦は見た！」第一回の原作。（酒井順子）
ま-1-109

松本清張
疑惑
海中に転落した車から妻は脱出し、夫は死んだ。妻・鬼塚球磨子が殺ったと事件を扇情的に書き立てる記者と、国選弁護人の闘いをスリリングに描く。「不運な名前」収録。（白井佳夫）
ま-1-133

麻耶雄嵩
隻眼の少女
隻眼の少女探偵・御陵みかげは連続殺人事件を解決するが、18年後に再び悪夢が襲う。日本推理作家協会賞と本格ミステリ大賞をダブル受賞した、超絶ミステリの決定版！（巽　昌章）
ま-32-1

麻耶雄嵩
さよなら神様
「犯人は○○だよ」。鈴木の情報は絶対に正しい。やつは神様なのだから。冒頭で真犯人の名を明かす衝撃的な展開と後味の悪さが話題の超問題作。本格ミステリ大賞受賞！（福井健太）
ま-32-2

丸山正樹
デフ・ヴォイス　法廷の手話通訳士
荒井尚人は生活のため手話通訳士になる。彼の法廷通訳ぶりを目にし、福祉団体の若く美しい女性が接近してきた。知られざるろう者の世界を描く感動の社会派ミステリ。（三宮麻由子）
ま-34-1

宮部みゆき
とり残されて
婚約者を自動車事故で喪った女性教師は「あそぼ」とささやく子供の幻にあう。そしてプールに変死体が……。他に「いつも二人で」「囁く」など心にしみいるミステリー全七篇。（北上次郎）
み-17-2

宮部みゆき
人質カノン
深夜のコンビニにピストル強盗！　そのとき、犯人が落とした意外な物とは？　街の片隅の小さな大事件と都会人の孤独な肖像を描いたよりすぐりの都市ミステリー七篇。（西上心太）
み-17-4

宮部みゆき
ペテロの葬列（上下）
「皆さん、お静かに」。拳銃を持った老人が企てたバスジャック。呆気なく解決したと思われたその事件は、巨大な闇への入り口にすぎなかった——。杉村シリーズ第三作。（杉江松恋）
み-17-10

道尾秀介
ソロモンの犬
飼い犬が引き起こした少年の事故死に疑問を感じた秋内は動物生態学に詳しい間宮助教授に相談する。そして予想不可能の結末が！　道尾ファン必読の傑作青春ミステリー。（瀧井朝世）
み-38-1

道尾秀介
いけない
各章の最終ページに挿入された一枚の写真。その意味が解った瞬間、読んでいた物語は一変する——。騙されては〝いけない〟、けれど、絶対に騙される。二度読み必至の驚愕ミステリ。
み-38-5

湊　かなえ
花の鎖
元英語講師の梨花、結婚後に子供ができずに悩む美雪、絵画講師の紗月。彼女たちの人生に影を落とす謎の男K……。三人の女性たちを結ぶものとは？　感動の傑作ミステリ。（加藤　泉）
み-44-1

湊　かなえ
望郷
島に生まれ育った私たちが抱える故郷への愛、憎しみ、そして憧憬……屈折した心が生む六つの事件。日本推理作家協会賞・短編部門を受賞した「海の星」ほか全六編を収める短編集。（光原百合）
み-44-2

水生大海
きみの正義は
社労士のヒナコ
学習塾と工務店それぞれから持ち込まれた二つの相談事。無関係に見えた問題がやがて繋がり……（表題作）。社労士二年目のヒナコが、労務問題に取り組むシリーズ第二弾！（内田俊明）
み-51-4

（　）内は解説者。品切の節はご容赦下さい。

水生大海
希望のカケラ　社労士のヒナコ
ワンマン社長からヒナコに、男性社員の育休申請の相談が。転職サイトにも会社を批判する書き込みがあったことがわかり……。労務問題×ミステリー、シリーズ第三弾！　（藤田香織）
み-51-5

水生大海
熱望
31歳、独身、派遣ＯＬの春菜は、男に騙され、仕事も切られ、騙す側になろうと決めた。順調に男から金を毟り取っていたが、一転、逃亡生活に。春菜に安住の地はあるか？　（瀧井朝世）
み-51-3

三津田信三
黒面の狐
敗戦に志を折られた青年・物理波矢多が炭鉱で起きる連続怪死事件に挑む！　密室の変死体、落盤事故、黒い狐面の女……。ホラーミステリーの名手による新シリーズ開幕。　（辻　真先）
み-58-1

三津田信三
白魔の塔
炭坑夫の次は海運の要から戦後復興を支えようと灯台守の職を選んだ物理波矢多。二十年の時を超える怪異が待ち受けるとも知らず……。大胆な構成に驚くシリーズ第二弾。　（杉江松恋）
み-58-2

山口恵以子
月下上海
昭和十七年。財閥令嬢にして人気画家の多江子は上海に招かれたが、過去のある事件をネタに脅される。謀略に巻き込まれた彼女の運命は……。松本清張賞受賞作。　（西木正明）
や-53-3

薬丸　岳
死命
若くしてデイトレードで成功しながら、自身に秘められた殺人衝動に悩む榊信一。余命僅かと宣告された彼は欲望に忠実に生きると決意する。それは連続殺人の始まりだった。　（郷原　宏）
や-61-1

矢月秀作
刑事学校
大分県警刑事研修所・通称刑事学校の教官である畑中圭介は、小中学校時代の同級生の死を探るうちに、カジノリゾート構想の闇にぶち当たる。警察アクション小説の雄が文春文庫初登場。
や-68-1

（　）内は解説者。品切の節はご容赦下さい。

矢月秀作
刑事学校Ⅱ
愚犯

大分県警「刑事学校」を舞台にした文庫オリジナル警察アクション第二弾！　成長著しい生徒たちは、市内の不良グループの内偵をきっかけに、危険な犯罪者の存在を摑む。

や-68-2

矢月秀作
死してなお

かつて大分県警を震撼させた異常犯罪者・萩谷信。県警の三浦は、彼の半生を調べるため、少ない手掛りをもとに足跡を辿るのだが……。前代未聞の犯罪者はどのようにして生まれたのか？

や-68-4

柚月裕子
あしたの君へ

家裁調査官補として九州に配属された望月大地。彼は、罪を犯した少年少女、親権争い等の事案に懊悩しながら成長していく。一人前になろうと葛藤する青年を描く感動作。（益田浄子）

ゆ-13-1

横山秀夫
陰の季節

「全く新しい警察小説の誕生！」と選考委員の激賞を浴びた第五回松本清張賞受賞作「陰の季節」など、テレビ化で話題を呼んだ二渡が活躍するD県警シリーズ全四篇を収録。（北上次郎）

よ-18-1

横山秀夫
動機

三十冊の警察手帳が紛失した——。犯人は内部か外部か。日本推理作家協会賞を受賞した迫真の表題作他、女子高生殺しの前科を持つ男の苦悩を描く「逆転の夏」など全四篇。（香山二三郎）

よ-18-2

横山秀夫
クライマーズ・ハイ

日航機墜落事故が地元新聞社を襲った。衝立岩登攀を予定していた遊軍記者が全権デスクに任命される。組織、仕事、家族、人生の岐路に立たされた男の決断。渾身の感動傑作。（後藤正治）

よ-18-3